林世仁童話
魔洞歷險記

Fairy tales train

童話列車
06

林世仁◆著

徐錦成◆主編　　貝　果◆插圖

目 錄

目 錄

Fairy Tales

編輯前言

呼喚童心

徐錦成

　　童話，是魅力獨具的文類。一個人兒時接觸到的童話，往往影響其一生。一個文明的童話，也往往反映出——甚至型塑了——這個文明的人民性格。

　　童話一方面是活潑的，但同時也是溫和的。

　　活潑，因此我們可以從童話中看出一個文明的想像力與創造力。

　　溫和，因此童話界少有話題、少有論戰，以致文壇的聚光燈也難得打在童話身上。

　　童話的發展跟文學的發展息息相關。但從文壇的現狀看，詩、小說、散文是三大主流文類；戲劇作品不多，但也有其地位。至於童話，與前四者相較無疑最為寂寞。文學界長期的忽略，使童話受到的肯定遠遠不及她本身的成就。

　　是該重新認識並重視童話的時候了！

　　童話，是呼喚童心的文學。不只屬於兒童，也屬於所有童心未泯或想尋回童心的成年人。而童心，在任何時代、任何社會都是最寶貴的。錯過童話，對喜歡文學的讀者來說是一大損失。

九歌出版公司自二〇〇三年開始推出「年度童話選」，獲得廣大迴響。如今又推出「童話列車」，在台灣兒童文學出版上更是史無前例的大事。以往的童話選集，不論依類型或依年代來編，都是集體作者的合集。而這次，我們以個人為基準，要為童話作家編出一部部足以彰顯其成就的代表作。

　　在作家的選擇上，所有資深的前輩作家以及活力旺盛的中生代作家，只要作品具有一定的質量，都是我們希望合作的對象。而作家的來源也不限於台灣。我們放眼華文世界，希望能為各地的優秀華文童話家出版選集。

　　在篇目的選擇上，則由編者與作者深入溝通，務必使所收錄的作品能確實具有代表性、能充分展現作者的風格。每本書末皆有一篇賞析專文，用意在提醒讀者留意該作家的童話特色。

　　我們希望透過這一系列精選集，向優異而豐富的華文童話家致敬。更期望大小讀者能透過他們的作品，品味到文學的童心。

來自童年的光

每個人的童年都不一樣,有的充滿笑聲,有的閃著淚光。我很幸運,我的童年屬於「陽光星座」,散放著歡愉的光。在成長過程中,這些光雖然一度黯然淡去,但今天它又在我的心底閃閃發亮。這都要感謝童話。

一九九二年秋天,我開始寫童話。這真是件奇妙的事!

我大學唸會計,研究所唸藝術研究所戲劇組,跟童話都沾不上邊;我不是小學老師,沒有為兒童寫童話的「美好責任」;離開童年,我也很少再接觸兒童,目光總是望向成人世界。

然而,人生就是這麼有趣。唸研究所時,我有次路過國語日報,隨興

買下小時候沒讀完的《柳林中的風聲》，這一看，意外讀出新鮮的滋味。退伍後，我在書店遇見我的「童話啟蒙書」──麥克安迪的《火車頭大旅行》。它讓我發現了童話的新天地，一個「彷彿若有光」的世界。

童話最初吸引我的，是「萬物有情」和「充滿童心想像」的特質。那與我內心底層的頻率正好相應。對我來說，「童話」是用「童心的話語所述說出來的幻想故事」。而所謂的「童心」，是「用新鮮的眼光來看這個老舊的世界」。童心沒有年齡的限制，屬於兒童，也屬於成人。它是兒童的本真，也是上帝送給成年人的禮物。

一開始，我只為自己「心中的小孩」而寫，由「童心」入手，沒太在意「兒童」。慢慢的，我才把重心轉向「兒童」，蹲下來，用心學習兒童的視角。然後，我「心中的小孩」睜開了眼睛。童年的光回來

了，我又看見小時候那個光朗的自己。

　　寫童話很有趣。每一個待寫的故事，都像一個未知的旅程。有些故事，我是寫到最後，才發現躲在結尾的答案：「哦，原來是這樣啊！」（人生不也是如此？）

　　寫童話也是一件幸福的事。故事就像神話，充滿創造的能量，你說有光，就有光！（我想，這是一切藝術迷人的地方吧。）

　　故事也像禮物，你把它送給世界，世界就回贈給你更好的禮物。（而這時候，宇宙諸神一定都露出了微笑。）

　　龔自珍在〈己亥雜詩〉中感嘆童心的失落：「少年哀樂過於人，歌泣無端字字真。既壯周旋雜癡黠，童心來復夢中身。」感謝童話，它讓我在經歷成長的苦澀之後，仍然不失赤子之心，仍能以童心照見世界，仍然保有好奇、疑惑，既能複雜想，也能簡單看。這是我寫童話的最大收穫。

這一本選集就是我在童話之旅上，截至目前為止，一個小小的回顧。作品都依寫作時間排序，除了選錄《十四個窗口》、《十一個小紅帽》、《再見小童》、《和世界一塊兒長大》、《英雄小野狼》、《巴巴國王變變變》中的作品，也包含一些尚未結集的故事。其中較特別的，是收錄了我寫作第一年的作品〈花花蟒的故事〉和〈吶喊森林〉，一短一長，都是我寫童話的「最初印記」。感謝錦成和九歌，也感謝民生報的桂姐和天下雜誌的琦瑜讓這本書得以成真。

過去的童話影像留在這裡，未來的童心之旅猶待展開。等在前頭的，應該又是另外一番風景了。

 林世仁 2007年5月28日

Part.01

花花蟒
的故事

花花蟒是自私森林的問題兒童，因為花花蟒的膽子實在太小了，一點自信心都沒有。他總是怕自己身上的花紋太顯眼，擋了別人的視線，又怕自己不小心說了不該說的話，做了不該做的事，就成天躲在角落裡，縮成一團；大家都笑他只長身子，不長膽子。巨蟒家族的小孩子都不肯跟他玩，因為他們不喜歡膽小鬼。

　　有天早晨，花花蟒一覺醒來，發現自己橫架在兩棵樹中間，身上溼答答的掛滿一件件的衣服。花花蟒驚訝得差點掉下樹來，只見一旁的大眼猴趕忙抓住他的尾巴，一邊勾回樹上一邊責備的說：「你看你，這麼不小心，差點弄髒了我的衣服。」

　　「可……可是這是怎麼一回事？」花花蟒覺得莫名其妙，一頭霧水。

　　「晒衣服哇！怎麼，你沒見過別人晒衣服嗎？」大眼猴說著，又把花花蟒的身子拉拉平，理理衣服，再三叮嚀說：「太陽下山前，你可別再亂動嘍！不然衣服晒不乾啦！」說完沒等花花蟒答話，就在樹之間一盪一盪的去遠了。

　　花花蟒作夢也想不到自己居然被當作晒衣架，又羞
又怒又不知道該怎麼辦。他想下來，又怕弄髒衣服，整個
白天就像條竹竿似的掛在樹上。結果到了晚上，腰酸得動
都不能動。

　　更糟的是，從那天開始，大家都喜歡拿他開玩笑。
花花蟒常常睡到一半，夢到大地震，醒來一看，發現自己
被長臂猿頭尾抓著當跳繩玩；不然就是被三色鹿夫婦夾在
角上，給他們的小孩練習跳高。甚至有一次，花花蟒發現
自己在宴會上被大黑熊綁在脖子上當領帶用。

　　花花蟒傷心極了，他不了解大家為什麼都要取
笑他？為什麼大家都要開他玩笑？花花蟒越來越孤
僻了，他離大家遠遠的，成天躲在洞裡不肯
出來。

好心的貓頭鷹注意到可憐的花花蟒，特地過來安慰他：「振作起來！花花蟒，你千萬不要因為別人對你的態度不好，就失去信心。你一定要對自己有信心！」

　　「可是，要怎樣才能有信心呢？」花花蟒一臉茫然的問。

　　貓頭鷹鼓勵他說：「只要找出你最擅長的事，慢慢去做，就可以建立你的信心。」

　　「可是我什麼事都不會呀！」花花蟒沮喪的垂下頭。

　　「有沒有什麼事情是你最想做的？」貓頭鷹試著幫他找答案。

　　花花蟒努力想了想，什麼也想不出來。

　　貓頭鷹又問：「那你平常最喜歡做什麼事？」

　　「睡覺哇！」花花蟒馬上回答。

　　貓頭鷹搖搖頭說：「睡覺？那不成！一個人不可能靠作夢來培養信心的。」

　　看來花花蟒是天生下來就忘了帶信心，貓頭鷹想想沒辦法，只好拍拍翅膀飛走了。過了幾天，花花蟒搬到更遠的沼澤去了。他想：只要大家找不到他，他就不會被人家取笑。

日子一天天過去，花花蟒的身體越長越大，可是膽子還是那麼小，和他龐大的身軀完全不成比例。有一天，花花蟒正在睡午覺，忽然被一陣喧鬧聲吵醒，他睜開眼睛一看，發現沼澤裡有五隻小三色鹿正在玩水，花花蟒想起自己以前也很喜歡玩水，就躲在草叢裡看他們玩耍。看著看著，事情卻慢慢變得有點不太對勁……兩隻貪玩的三色鹿一下子游得太遠，腳抽了筋，游不回來，其他三色鹿趕忙游過去幫忙。誰曉得經驗不足，大家你抓我，我拉你，弄得彼此的角都纏在一起，紛紛往下沉，嚇得小鹿拚命喊救命。

　　花花蟒在岸上慌得不知道該怎麼辦，也學小鹿們大聲喊救命。可是四周沒有任何人影，沒有人知道沼澤裡發

生的事情。眼看小鹿們就要沉下去了，花花蟒急得大叫。突然，花花蟒聽到自己求救的聲音，和小鹿們的聲音混在一起，顯得一樣慌亂，同樣無助。剎那間，他像是明白了什麼，一個更大的聲音在他心中響起。花花蟒挺身跑出來，奮勇跳進沼澤裡，用最快的速度向三色鹿游去。「抓緊我！抓緊我！」花花蟒大聲喊著，一邊大口大口吸著空氣把自己鼓成一條長長的氣球。小鹿們紛紛爬上花花蟒的身體，花花蟒一下沉了下去，只剩頭還露出水面，可是花花蟒不認輸，拚命搖著尾巴往岸邊游，終於平安把小鹿救上岸。

　　三色鹿夫婦非常感激花花蟒救了他們的孩子，特地請他吃了頓豐盛的大餐，並且誠懇的邀請花花蟒搬來和他們一塊住，做小鹿的游泳教練，花花蟒高興的點頭答應。沒多久，花花蟒的英勇事蹟就傳遍整個森林，可是有的人相信，有的人懷疑。有人說小鹿一定是被水嗆昏了頭，才誤以為花花蟒救了他們；還有人說他們親眼看到一個蒙面的獨行俠救起小鹿，只是蒙面俠

為善不欲人知，瀟灑走了，才讓花花蟒撿了現成的便宜；從前欺負花花蟒的人更是一口咬定他沒那麼大膽子。可是不管別人怎麼想，花花蟒一點也不在乎——因為只有他自己知道：他終於找到自己的信心了！不論以後發生什麼事情，他都不會再是從前那個膽小的花花蟒了。

——原載1993年1月10日《兒童日報》

Part.02

吶喊森林

森林裡最近顯得有些不太平靜，有種奇怪的吼聲，不知道在什麼時候會突然出現，常常嚇得動物們莫名其妙。大眼猴第一個聽到怪聲，也第一個遭殃。原來有天下午，大眼猴閒得沒事做，無聊的在屋頂上打呵欠，遠遠看到刺蝟走過來，一時興起，就吹了個氣球，用竹竿綁著，偷偷垂下屋頂，準備等刺蝟過來，「碰！」的一聲嚇他。沒想到背後突然傳來兩聲怪叫，大眼猴心一慌沒站穩，重力加速度，就一屁股跌坐在刺蝟身上，不多不少，正好扎了三十三個洞。

接下來一個月裡，被怪聲嚇到的動物越來越多：小松鼠的腦袋腫了個大包包，多嘴兔的嘴唇多了兩道門牙印，花花蟒的腰部打了個結……幾乎所有聽過怪聲的動物，都有個難忘的經驗。甚至，膽子小一點的動物，只要一想到怪物的「可能長相」，都不敢太晚回家，單獨走起路來更是哆哆嗦嗦的直打顫。

森林裡出現不速之客的消息慢慢傳到虎老大耳邊。虎老大很生氣的從王座上跳起來，額上的大王紋一下挑得老高：「豈有此理！居然有傢伙敢在森林裡如此放肆，真是一點規矩都不懂！」說著當場指派貓頭鷹博士組成空中

吶喊森林

偵察小組，負責追緝怪物，查明真相。

　　貓頭鷹博士馬上動員所有鳥類，到森林各處站崗，監控一切可疑的「移動物體」，同時設置指揮中心，接收各界訊息。聽過怪聲的動物，紛紛跑到指揮中心提供線索。大眼猴還特地畫了一幅「怪物音波立體標示圖」，點明怪聲的發生位置。多嘴兔則通宵熬夜，寫了一篇長達六千字的論文，分從音色、音域、回聲、共鳴等各種角度，探討怪聲出現的歷史意義。

　　短短幾天，指揮中心就歸納出兩點值得注意的事：第一，怪聲來源不只一種。根據大家描述，有的聽到男的聲音，有的聽到女的聲音，甚至三色鹿還聽到一個特別稚嫩的嗓音，「一定是個小孩子。」三色鹿肯定的說。因為三色鹿身上一點傷也沒有，沒人懷疑他說的話。第二，怪聲出現的時間，剛開始很零散，間隔也長，但是最近有越來越集中的現象，尤其以星期假日出現的機會最大。「看來怪物不只一隻，而且有漸漸聚集的趨勢。」貓頭鷹博士推論說：「此外，怪物出現的頻率也有週期性的循環現象。」

　　可是，怪物為什麼會集中在星期假日出現呢？答案

暫時還看不到，唯一能看到的是：森林以最快的速度進入了「電視戒嚴期」。所有的動物都減少不必要的外出，待在家裡看電視，以避免意外；電視台則增闢時段，推出特別節目，以答謝持續升高的開機率。

在各種謠傳與耳語的擺盪中，一個月匆匆過去了，所有動物都在同一天收到偵察小組寄來的開會通知，通知上說貓頭鷹博士將在說明大會中公佈調查結果。到了開會當天，所有動物都興沖沖的趕到會場，等待謎底揭曉。可是，貓頭鷹博士卻意外遲到了。

時間一分一秒過去，還是見不到貓頭鷹博士的蹤影。多嘴兔趁機在台下推銷他費時一個月寫成的驚悚奇情小說——《怪聲奇緣》。其他動物則開始紛紛揣摩怪物的「可能造型」：有的動物根據最近的天候變化推測怪物是超時空怪獸，沒有一定長相，就跟天氣一樣；有的動物則堅持怪物是異形入侵，而且是大嘴巴異形，所以才那麼愛叫；大眼猴則莫測高深的指出：「怪物嘛，不就是頭怪怪的，手怪怪的，腳也怪怪的。」

當怪物的「可能造型」出現第十一種說法的時候，

黑猩猩神祕地看看大家，以總結的表情暗示：怪物名叫「卡里不吉」，是水、陸、空三棲怪物，平時躲在水裡，每隔七天上岸一次。最特別的是，根據階級大小，每隻「卡里不吉」都有數目不同的腦袋，從三個到十來個不等，每個腦袋都能發出不同的聲音。

　　動物們一聽，這下連名字都有了，大概八九不離十，再看看黑猩猩龐大威武的身軀，更是覺得錯不了。會場一下就沸騰起來，所有話題都集中在「卡里不吉」身上。有的說「卡里不吉」最怕一隻腳的動物，碰到他的時候，只要單腳跳三下，就可以平安無事；有的說貓頭鷹博士遲遲不來，一定是受了「卡里不吉」的恐嚇；還有的說他們早就見過「卡里不吉」，只是怕引起不必要的恐慌，所以才隱瞞不說……

　　正當大家越說越起勁的時候，貓頭鷹博士挾著一批文件，匆匆忙忙走進來。立刻，會場像滾水鍋裡倒進一碗冷水，馬上安靜下來。

　　貓頭鷹博士走上台，看看大家，開門見山的說出答案——原來，嚇得大夥白

天不敢睡覺，晚上不敢作夢的怪物，竟然只是住在馬路城的人類！

會場一下子哄聲四起。人類？怎麼可能！

聽到虎老大的吼聲會嚇得不敢動彈的男人？

看到老鼠、蟑螂會嚇得直跳腳的女人？

天一黑，迷了路就會哇哇大哭的小孩子？

他們怎麼可能是怪聲的主人？

動物們紛紛露出不相信的表情，貓頭鷹博士以平靜的語氣說：「上星期，我請馬路城的老鼠兄弟幫忙找些資料。今天一早我收到他們寄來的文件，很快讀了一遍——這是我今天遲到的原因。根據這些資料，我相信馬路城的人，已經和我們認識的人類不太一樣了。」貓頭鷹博士拿起茶杯喝了口水，所有動物的注意力都隨著茶杯裡的

水，咕嚕嚕的流過貓頭鷹博士的喉嚨，經過他的胸膛，感覺到他噗噗的心跳。

「根據資料顯示，馬路城的生活品質正在急速惡化。空氣、水源、噪音的污染，和化學毒氣、核能廢料等等，都已經嚴重改變了馬路城的生活環境；通貨膨脹、股市震盪、無殼蝸牛、示威遊行……成了普遍的社會問題。雖然，我們還不清楚他們到森林裡來的原因，不過……」貓頭鷹博士推推眼鏡說：「我懷疑他們可能得了什麼怪病，或者是，發生了某種突變。」

動物們聽貓頭鷹博士唸了一連串人類世界的專有名詞，個個不知所云。不過，大家都很清楚：不久前才由大夥通力合作完成的神祕影像——「卡里不吉」，就在這些莫名其妙的專有名詞下，灰飛煙滅了。大家期待的心理一下撲了空，對「取而代之」的人類都沒好感。

「聽說馬路城到處都在『哄抬』物價、『吵』地皮，我看他們一定是不懷好意，要打我們的主意，才故意來森林裡『哄哄哄！』的『吵』地皮！」

「剛剛貓頭鷹博士不是說他們有什麼噪音污染嗎？我看他們一定是像丟垃圾一樣，把憋了整整一個禮拜的噪音

丟到我們森林來。」

「不對！不對！他們叫得那麼難聽，八成是準備到森林裡來『示威遊行』！我們一定要想個辦法把他們打回去！」

大家七嘴八舌的各說各話，貓頭鷹博士趕緊解釋：「炒」地皮不是「吵」地皮，「噪音污染」也不是垃圾，沒法隨地亂倒，「示威遊行」更不是打仗，也不必過度緊張。

虎老大看大家說不出個所以然來，就裁示貓頭鷹博士做次「田野調查」，實地了解狀況，在下次大會中提報出來。

最先聽到怪聲的動物們，都搶著報名參加採訪團，他們都認為自己「義不容辭」享有優先權，應該最早知道答案。貓頭鷹博士簡單分配地點以後，「田野調查」就正式開始了。

在池塘邊的叉路上，多嘴兔遇到一位皺著眉頭的男人。對多嘴兔的質疑，男人不好意思的說：「我是一個上班族，每天都要和時間賽跑。早上擠公車怕遲到，中午休息不敢超過半小時，下午要幫老闆跑三點半。工作以外，

又有一大堆臨時交辦事項要做，整天拚命的趕趕趕，事情還是越積越多。一個禮拜下來，整個人都硬繃繃的，忍不住就有大叫一聲的衝動。所以我才會到森林裡來。」男人搔搔頭髮，臉紅的說：「只有到森林裡來大叫一下，我才會感到解脫，覺得自己又是一個人，而不是機器，很抱歉給你們帶來意外的困擾。」

碰到大眼猴的是個倒楣的計程車司機，因為大眼猴化裝成大眼殭屍，司機先生一進到森林，除了第一聲大叫是自願的，其餘幾聲都是被大眼猴嚇出來的。事後，大眼猴模仿計程車司機的語氣說：「我每天開車在大街小巷裡鑽來鑽去，看到的都是灰色的馬路，灰色的房子，最近連天空都變成灰濛濛的一片。尤其一到顛峰時間，到處都是車子，塞車後接著是塞車，連紅綠燈都不管用，每次車子堵在地下道裡我就很害怕，因為我看不到任何一點自然的東西。上下左右、前面後面，全是水泥和汽車……啊，水泥！水泥！灰色的水泥！啊——」大眼猴誇張的模仿司機的樣子，又叫又跳。

慢慢的，動物們發現：到森林裡來的人，心情都很不愉快。其中有受不了緊張生活的生意人，有厭惡擁擠都

市的上班族，也有事業家庭不能兼顧的職業婦女，還有天天補習，天天作惡夢的小學生，甚至許多沒人孝順的老年人，也相招作伴一塊來。

「原來，馬路城的人都很不快樂，他們到森林裡大叫，只是為了抒解生活上的壓力，並沒有惡意。」貓頭鷹博士在第二次大會上，簡單作了總結。動物們都恍然大悟，笑自己太多心了。「我早說了嘛，那怪聲一點不可怕，只是……嗯，有點吵罷了。」大眼猴「後知後覺」的擺出一副「先知先覺」的樣子。

虎老大指示大家研究因應之道。有同情心的動物建議召募義工，幫助那些可憐的人；討厭人類的動物則主張組成自衛隊，將入侵者驅逐出境。虎老大想了想說：「馬路城和森林國畢竟也算半個鄰居，人來是客，我們總不好失去作主人的樣子。或許大家可以想想看，有什麼賓主盡歡的法子。」說著把目光停在狐狸身上。

狐狸知道虎老大一定是要他在馬路城和國庫收入之間，畫上一條等號，趕緊低下頭，猛轉腦袋，一下用右手摸摸左耳，一下又用左手摸摸右耳。其他動物也都低下頭，模仿「沉思者」的姿勢。一會兒，只見狐狸雙眼一

亮，興奮大叫：「有了！有了！」說著像發現新大陸似的，原地翻了個筋斗：「我們只要將森林裡的動物，依聲部分成高、中、低音，組成『吶喊協會』，再按聲量大小，制訂價格。凡是想到森林大叫的人，都得指定動物代吼或者對吼，讓每個動物都有機會參與喊叫過程，並且只固定於星期日開放實施，如此一來，不就主客兩便，各蒙其利了嗎？」動物們一聽可以靠自己勞力賺錢，又可展現歌喉，個個都躍躍欲試，狐狸一下就被贊成的歡呼聲托上半空中。

　　森林的入口處很快就掛起「吶喊森林」的招牌，和寫著詳細說明的參加辦法。馬路城的人看了告示，都有點好奇。有的興奮地說：「跟動物對吼？哇！好像很刺激！」也有的表示懷疑：「請動物代吼？有可能嗎？好像哪裡怪怪的……」

　　興奮和懷疑很快就被驚喜取代了。馬路城的人不用多久就發現：這實在是件了不起的發明！有那麼多的動物可供選擇，就像自己的聲帶多了許多孿生兄弟一樣，隨時

可按心情高低，變換不同的音色、音量，連回音也變得豐富起來，簡直過癮極了！每個走出森林的人，都像洗了森林浴一般，帶著滿足的微笑回家。如此一傳十，十傳百，「吶喊森林」很快就成了森林裡最受歡迎的觀光事業。

為了答謝馬路城的熱烈迴響，虎老大又開放週六下午的時段，增闢午夜場，並且推出套票、預約各項優惠，同時，為了節省人們的選擇時間，貓頭鷹博士特別依據特定對象，製作一系列全新組合，從獨唱、二重唱、三重唱到大合唱，全依不同需要，標上醒目標題。分別是：

烈日與暴風雨的親密耳語——送給雙重性格的人。
鐵板燒上的小木屐——專為「多才多藝」的小學生準備。
雲端上的水龍頭——獻給心事無人知的人。
秋天的雷霆落葉——專為失戀男女設計。
偷聽耳朵上的眼淚——送給祕密過度膨脹的人。
三重奏裡的七重奏——給猜不透別人心事的人。
卡里不吉的怒吼——給莫名其妙生氣的人。
急行烏龜的腳步聲——給遲遲不能下決定的人。

每一項組合，都由不同的動物領唱。推出之後，佳評如潮，尤其是黑猩猩所領導的「卡里不吉的怒吼」更是受到前所未有的歡迎，馬路城的人都說它充滿無可名狀的發洩快感，和說不出來的憤怒本質，最能表達現代人的苦悶。

　　現在，到「吶喊森林」已經成為馬路城最熱門的休閒活動。不論是個人散心、家庭旅遊、朋友聚會，或是公司犒賞員工，「吶喊森林」都成了最佳選擇。甚至，許多大公司的老闆不能抽空前來，也都請祕書到森林來錄製特別卡帶，以備不時之需。

　　這天黃昏，虎老大站在高崗上，身後的紅日映照著一片彩霞，遠遠的馬路城上方，灰幽幽地籠罩著一團散不掉的薄霧。虎老大想到白天鬧嚷嚷的人潮和滾滾而來的鈔票，不禁高興得心花怒放，張嘴大吼了一聲……聲音從「吶喊森林」直直傳到馬路城，轟轟隆隆，久久不散；聲音下面，一排從森林回去的車陣，正長長排了好幾公里，遠遠望去，像是一條躺在地上、沒有盡頭，灰色的龍。

——本文獲1993年台灣省第六屆兒童文學創作獎優等

吶喊森林

Part.03

欣欣的
第一件差事

（一）

欣欣三歲了！

可是欣欣喜歡媽媽說她三十六個月大。

三十六個月大的欣欣，覺得自己應該幫忙做點家事了。

可是……做什麼好呢？

煮飯有電鍋，洗衣服有洗衣機，買菜、洗碗有媽媽做——就連白天不在家的爸爸，也把「上班」搶去做了。

做什麼好呢？欣欣趴在客廳地板上，歪著頭想。

突然，一個咖啡色的斑點從欣欣眼前溜過去。

「啊，蟑螂！」媽媽大叫一聲。

蟑螂？欣欣看著咖啡色的斑點一下溜到牆角邊。

欣欣的眼睛像星星一樣亮起來：「有了！」

牆角邊，很快出現欣欣拿著兩隻拖鞋的影子……

欣欣家剛搬進一棟老房子，還沒大掃除，沒聞到清潔劑味道的蟑螂都不知道該搬家了。打蟑螂很快便成為欣欣最喜歡的事。

可是，三十六個月大的欣欣畢竟只有三歲。左右手兩隻拖鞋，東丟西丟，老打不準，嚇得蟑螂東跳西跳，原

地猛轉圈圈。

「老讓欣欣這樣打蟑螂也不是辦法。」媽媽對爸爸說。

（二）

在蟑螂天堂裡，所有被欣欣打死的蟑螂都聚在一起。牠們碰頭的第一件事，就是互相寒暄：

蟑螂甲問：「你幾下？」

蟑螂乙說：「七下，你呢，你幾下？」

蟑螂甲得意地說：「八下！」

於是，被欣欣七下打死的蟑螂乙，只好叫八下才被打死的蟑螂甲一聲：「老大！」

然後，八下老大沒多久就碰上九下老大，九下老大還沒威風夠，就又成了十下老大的手下……

就這樣，牠們一見面就互相問來問去：「你幾下？」「你幾下？」

蟑螂天堂裡的輩分很快就分出來了。

蟑螂集團的

總老大叫十八，意思就是撐了十八下，才來天堂報到。據說，十八身高體壯，本來可以逃過一劫，誰知道左跳右跳，半途跳出一隻小蟑螂，十八沒注意，摔了上去才不幸遇難。這隻不長眼的小蟑螂就是蟑螂集團裡的總老么，因為牠是被十八壓死，不是被欣欣打死的，所以代號叫零。

老大十八的個性，就像牠的體格一樣，粗粗硬硬，專制得像一位皇帝。最常從牠嘴巴裡冒出來的聲音是——「我要！」永遠不准在牠面前提起的字是——「不！」誰要是敢得罪他，立刻得受嚴厲處罰。犯小錯的不准吃肥皂，犯大錯的，不僅不准吃肥皂，每隔一小時還得用肥皂洗澡。

時間一久，蟑螂天堂怨聲四起，所有蟑螂睡覺前，都努力禱告，祈求老天爺早日派來新的老大。

可是，來天堂報到的蟑螂越來越少。而且，欣欣打蟑螂的經驗越來越豐富，新蟑螂的代號都在五、六上下，始終沒有超過十八的高手。

老大十八知道手下都不服氣，很慷慨地建議大家重新比賽一次，看看誰是真正的「真命天子」。

「可別說我不給你們機會喲！」老大十八自信滿滿地說。

於是，所有蟑螂集體投胎回欣欣家，準備爭取新的排名。

（三）

蟑螂大軍睜開眼睛，發現環境變得很奇怪。院子裡的雜草消失了，水溝邊的垃圾不見了，房間裡的紙箱移到庫房裡；廚房牆壁乾乾淨淨，像沒沾過油污，房子清得乾乾淨淨，一個人也沒有……

「我們是不是來錯了地方？」蟑螂大軍全都迷糊了。

「放心！放心！一到晚上，一切都會恢復舊觀。」老大十八開始伸伸腰、縮縮腿，做起暖身運動。牠對黑夜充滿了信心！

其他蟑螂半信半疑，紛紛開始尋找藏身的地點……

十分鐘不到，房子的大門忽然打開，欣欣和爸媽出現在門口，爸媽手上各拿著一瓶噴效。

媽媽說：「好，就剩最後一道手續了！」說完，欣欣站在門口，按下馬錶，爸媽拿著噴效，走進不同房間，

開始灑噴效。

「一分鐘。」等爸媽再走回門口，欣欣又按一下馬錶說：「比上次快十秒。」

「好啦，我們到公園散散步，待會兒回來再把窗戶打開。」媽媽說。

關大門時，爸爸看看房子，滿意地點點頭：「嗯，星期天大掃除實在是個好運動。」

三個人的腳步聲還沒走遠，所有蟑螂都憋著氣跑出來。

可是，到處都是噴效……

噴效，噴效，白霧一樣的噴效！所有蟑螂聞一下，全都死翹翹！

於是，新的蟑螂天堂裡，所有蟑螂，個個平等，沒有特權。

——原載1994年1月16日《民生報・少年兒童》
選自2001年10月民生報《和世界一塊兒長大》

欣欣的第一件差事

Fairy Tales

Part.04

聲音跑到
哪裡去了?

清晨，欣欣到陽台去看媽媽晒衣服，忘了穿外套。

冷風吹過來，送她一個大噴嚏。

「哈啾！」欣欣沒有捂住嘴巴。

「聲音」從她嘴巴噴出來，掉進樓下一隻小狗的喉嚨裡。

小狗嚇一跳，張開嘴巴大聲叫：「哎喲！什麼東西？」

哎喲！哎——咦，怎麼不是「汪！汪！汪！」？

小狗發現嘴巴裡的聲音好特別，興奮地跑出巷子口。

欣欣回到房間，說不出話來「嗯嗯嗯……」媽媽趕緊帶欣欣去看醫生。

醫生摸摸欣欣的頭，看看她的小舌頭，笑笑對媽媽說：「沒關係，小妹妹感冒了，吃吃藥就好。」

小狗碰到一隻小白貓，大聲對牠說：「你是一隻大笨貓。」小白貓害怕地跳上圍牆「喵喵喵！」地逃走了。小狗瞪著一隻小黑狗：「你是一隻大笨狗。」小黑狗夾著尾巴「嗚嗚嗚！」地逃走了。小狗抬起頭，瞪著電線桿上的一隻五色鳥：「你是一隻大笨鳥！」五色鳥不理牠，東

看看，西看看，悠悠閒閒地往外飛。小狗氣呼呼地跟在後頭追。

太陽出來了。小狗跑得一身汗，躲進大樹底下直喘氣：「呼嚕嚕！呼嚕嚕！」

「聲音」趕緊跑到小狗舌尖上，跳水似的，一、二、三……跳！

「聲音」一跳跳到一群螞蟻身上。

「這—是—什—麼—東—西—啊？」七隻螞蟻頂著「聲音」問。

「不—知—道—可—不—可—以—吃？」另外八隻螞蟻頂著「聲音」問。

每隻螞蟻都頂著一個字的「聲音」走。

不一會兒，頂著「聲音」的螞蟻，排成好長好長一列走回家。

順著次序「聽」，牠們在說：

「回—家！回—家！把—奇—怪—的—食—物—帶—

回—家—給—媽—媽—吃！

「回—家！回—家！把—奇—怪—的—食—物—帶—給—妹—妹—吃！

「回—家！回—家！把—奇—怪—的—食—物—帶—給—弟—弟—吃！」

老鷹在天上看到螞蟻頂著「聲音」走，以為是隻奇怪的蟲。

老鷹飛下來，伸出爪子把「聲音」搶走，飛進白雲裡。

「多奇怪的東西啊！」老鷹才開口，就被自己的聲音嚇了一跳，爪子一鬆，「聲音」直直往下掉。

一架直升機飛過來，正好接住「聲音」。

「啊，多奇妙的感覺！」直升機露出美麗的笑容。

它抬頭看，忍不住說：「好美麗的藍天，好美麗的雲！」

它低頭瞧，忍不住說：「好美麗的稻田，好美麗的人！」

飛行員聽到了，也露出好美麗的微笑；他以為自己在作夢。

風帶來一群蒲公英的種子。

直升機把「聲音」送給它們。

蒲公英種子在空中轉了好幾個圓圈。

許多快樂的歌聲在空中散開。

太陽慢慢要下山。

風吹著蒲公英的種子，飄過城市，飄過樓房，飄過馬路，飄進欣欣家的小花園。

經過窗戶的時候，「聲音」放開手，跳進欣欣的小茶杯。

欣欣拿起茶杯，喝下藥水。

「聲音」順著藥水溜進欣欣的喉嚨裡。

天空剛好出現第一顆星。

晚上，媽媽到欣欣房間來。欣欣想跟媽媽說話，可是「聲音」實在太累了。

它今天跑了好多地方，它想先好好睡一覺。一切，還是等明天再說吧……

　　「晚安！」

——原載1994年6月26日《中國時報‧童心版》

選自2001年10月民生報《和世界一塊兒長大》

Part.05

走錯故事的
小紅帽

小紅帽一早起床，媽媽就為她梳妝打扮，要她到森林裡去看祖母。

　　為了怕小紅帽在森林裡迷路，媽媽不斷叮嚀小紅帽要小心：

　　「路上不要貪玩，不要左顧右盼，不要追蝴蝶、摘野花，也不要和兔子玩，早去早回，媽媽做蛋糕等妳回來吃。」

　　小紅帽點點頭，提著籃子到森林去。

　　小紅帽沒有左顧右盼，沒有到處追蝴蝶，沒有摘野花，也沒有和兔子玩，可是，她還是迷了路！

　　因為她邊走邊看漫畫，根本就不知道自己走到哪裡。

　　小紅帽在森林裡團團轉。找不到祖母家，怎麼辦？

　　遠處有間小木屋傳出好聽的歌聲，小紅帽馬上跑過去敲門。

　　小木屋的門打開了，小紅帽看見白雪公主和七個小矮人。

　　白雪公主很高興有新客人，請小紅帽進屋裡玩，可是七個小矮人不同意。

他們說小紅帽應該去找她的祖母，不能留下來。

「你們可以告訴我，我的祖母住在哪裡嗎？」小紅帽問。

「不知道！她不住在這裡。」七個小矮人說：「妳走錯故事了！」

小紅帽只好離開小木屋。

為了表示歉意，白雪公主送給小紅帽一粒紅蘋果。

「這是今天早上，一位好心的老婆婆送我的。」白雪公主微笑地說。

小紅帽說聲謝謝，把蘋果放進籃子，轉身走開。

在湖邊，小紅帽碰到一隻傷心的青蛙。小紅帽同情地問牠為什麼哭？

青蛙說：「我是中了魔法的王子，一位可憐的王子……」

青蛙王子還沒說完話，小紅帽就抱起青蛙說：「我知道該怎麼辦！」說

完就在青蛙王子嘴巴上親了一下。

奇蹟馬上發生！

青蛙變成了一個年輕、高大……但是，但是……非常、非常普通的──獵人！

因為小紅帽不是公主，青蛙王子失去了變成王子的機會。

獵人哇哇大叫，氣急敗壞地跑開！他要去找壞心腸的巫師，再把他變回青蛙，再等下一次變成王子的機會。

小紅帽繼續往前走。

她看到一隻兔子在樹下睡懶覺。

她看到一隻醜小鴨在小河邊照鏡子。

她看到一個小男孩沿著豌豆苗往天上爬。

她看到一大群人圍成圓圈，輪流拔著一把石中劍。

她看到一隻螳螂躲在知了後面，一隻黃雀躲在螳螂後面……可是，小紅帽不敢停下來，她怕自己又走錯故事，破壞別人故事的結局。

小紅帽頭也不回，繼續往前走。

她看到前面有一間亮著燈的水泥屋，趕緊跑過去……可惜不是奶奶家。

小紅帽正準備離開，水泥屋的門忽然開了。

三隻小豬從門縫裡探出頭。

第一隻小豬說：「請問，妳有沒有看見一隻耳朵長長的……」

「牙齒尖尖的……」第二隻小豬搶著說。

「嘴巴大大的……」第三隻小豬接著說。

「——狼？」三隻小豬一塊說。

小紅帽搖搖頭。

「牠吹倒了我的茅草屋。」第一隻小豬牙齒打顫，顫得像把機關槍。

「牠打壞了我的小木屋。」第二隻小豬臉色發白，白得像團麵粉。

「牠馬上就會到我的水泥屋來！」第三隻小豬全身發抖，抖得像一只風鈴。

「請……請不要離開。」三隻小豬一塊哭出來：「——請妳留下來陪我們！」

「不怕！不怕！」小紅帽看著三隻小豬，下定決心說：「我幫你們打大野狼。」

小紅帽走進水泥屋，把所有門窗通通關好。

沒多久，小紅帽就聽到屋外傳來「呼呼呼！」的聲音。

大野狼正在吹水泥屋。

隔一會兒，屋外又傳來「鏗鏘鏘！」的聲音。

大野狼正在拆水泥屋。

可是大野狼吹不倒水泥屋，也拆不散水泥屋！

大野狼只好從煙囪裡鑽進來。

小紅帽早在煙囪下面放了一個大布袋。

可是大野狼並沒有掉進大布袋。

——牠被卡在煙囪裡啦！

原來，大野狼在祖母家等不到小紅帽，就先來找三隻小豬。

可是大野狼吞了老奶奶，肚子撐得太大，一鑽進煙囪裡，立刻頭下腳上卡在中間。

小紅帽忙指揮三隻小豬。

只見豬老大移開布袋，從小紅帽籃子裡拿出紅蘋果，左手、右手，左手、右手丟來丟去；豬老二、豬老三則拿起竹竿急急爬上屋頂。

「篤！篤！篤！」兩隻小豬在屋頂上拚命戳大野狼屁股。

「哇！哇！哇！」大野狼卡在煙囪裡面拚命大叫。

一、二、三──「篤！」兩隻小豬用力一戳。

大野狼肚子一縮、嘴巴一張，「哇！」地一聲把老奶奶吐了出來。

小紅帽趕緊接過奶奶；豬老大忙把手裡的蘋果丟進大野狼嘴裡。肚子變小的大野狼嘴巴一合，「咕咚！」一聲掉下來。

奶奶揉揉肩膀，睜開眼睛；可是吞了白雪公主蘋果的大野狼卻再也沒有醒過來。

三隻小豬高興地向小紅帽說謝謝，希望她留下來和他們一起住。

小紅帽笑笑搖搖頭：「謝謝你們的好意，但是我不能留下來。媽媽還在我的故事裡等我回去呢！」小紅帽揮揮手說：「下次換我做主人，請你們到我的故事裡來玩！」

三隻小豬興奮地把尾巴勾在一起，表示：一定！一定！

於是，小紅帽挽著奶奶的手，走回自己的故事。

──原載1994年8月21日《中國時報‧童心版》
選自1998年1月民生報《十一個小紅帽》

★ 走錯故事的小紅帽 ★

Fairy Tales

Part.06

天空之海

　　湛藍藍的天空覆蓋著大地，湛藍藍的海水覆蓋著大海洋。

　　陸地上的人抬起頭，想像無法想像的天空；海底下的魚也抬起頭，想像無法想像的藍天。

人還沒發明火箭去探索外太空，魚已經開始動腦筋、想弄清楚海洋外的世界。

旗魚個兒不大，卻第一個想到海上去！

那是一個晴朗的早晨，旗魚早早起了床，不斷往上游。他要離開黑黝黝的深海底，離開深藍藍的海中央，游向亮澄澄的海平面；昨晚上，他和妹妹打了架，媽媽罰他不准吃飯，愛哭的妹妹什麼事也沒有，晚飯還故意吃得呷呷響。

旗魚生氣了！他要離家出走，他再也不要看見爸爸、不要看見媽媽。他連這片大海洋都不想要了！

海平面的海水透明光亮，像另一個美麗的新世界。旗魚奮力一躍，白花花的海水變成白花花的亮光，白花花的亮光裡，一種突然失去一切的感覺封住他的鰓、消去他尾部的力量；旗魚全身一僵，就像塊石頭一樣跌回海裡。

昏頭轉向的旗魚，在跌回大海的瞬間，瞥見了湛藍藍的天空。

一落回海裡，旗魚立刻恢復精神。「海上面是另一面更大的海！」旗魚興奮地忘了離家出走的事，他一個勁地游回家，把這個大發現告訴爸爸。

旗魚爸爸趕緊把這個大消息傳出去，沒多久，所有魚都知道了這件事。

　　另一面海？太好了！所有喜歡冒險的魚都迫不及待想去看一看。

　　「不過，兩面海之間沒有水。」旗魚想到自己差點就在海面上「窒息」了。

　　沒有水？這可麻煩了。要怎樣才能到另一座大海洋去呢？

　　「我再去瞧清楚點！」旗魚自告奮勇地說。

　　「我送你去！」鯨魚說。

　　鯨魚鼓氣噴起一道水柱，把旗魚藏在水柱裡，送上海面。

　　幾隻海鳥張著翅膀在天空飛翔。鯨魚一口氣撐不上，水柱又落了下來。

　　「天空之海上的魚很奇怪！」回到海裡的旗魚說：「他們的魚鰭又大又長。」

　　所有魚都看看彼此身上的鰭，鰭大一點的魚得意地搖來擺去，彷彿自己已經游在天空之海上了。

　　「走，我們再去瞧瞧。」旗魚又催著鯨魚說。

「等等，我去叫我的兄弟來幫忙！」鯨魚說。

海面下立刻疊起幾十隻鯨魚。最上面一頭鯨魚噴起水柱，送旗魚到海面上，等他累了、向前游開，下面一頭鯨魚就立刻頂上來、繼續噴出水柱；其他魚則忙著替換下來的鯨魚揉揉肚子、按按背，好讓他接著到下面去排隊。

旗魚在水柱裡，隨著浮力上上下下，看著海面上的世界。

一張大毛毯迎面飛來，上面站著一個年輕人。

「你是什麼魚？」旗魚大聲叫住他：「你為什麼沒有鰓？」

「我是人。我不用鰓，我用鼻子呼吸。」

「人？」旗魚盯著他腳下的飛毯：「你的尾巴為什麼這麼大？」

「這不是尾巴，是魔毯，有了它，我就像鳥有翅膀一樣，可以自由飛翔。」年輕人指指一隻從他身邊飛過去的海鷗說。

旗魚看看比年輕人飛得稍高的海鷗。

哦！原來那是「鳥」不是「魚」！他們也還沒飛上「天空之海」。

「你要到天空之海去嗎？」旗魚問。

「不，我要到陸上之城。」年輕人說：「我要去找茉莉公主。來！給我一句祝福，祝福我和她能像比翼鳥一樣快樂飛翔！」

旗魚忙說：「祝你們像比……比翼鳥一樣快樂。」他猜比翼鳥一定能飛上「天空之海」，人才會那麼羨慕。

「謝謝！」年輕人繞著水柱轉一圈說：「我叫阿拉丁。後會有期！」說完揚手一招，就去遠了。

旗魚回到海底，把見到的事情說給大家聽。

經過七天七夜討論，所有魚得出一項結論：人有鼻子，所以能在陸地上生活，鳥有翅膀，所以最有機會飛上「天空之海」——所以要到「天空之海」，就得先經過陸地！換句話說，魚得先變成人，再變成鳥。然後——就得靠運氣了。

但是，魚在第一步就碰了壁。要怎樣才能變成人呢？（那些人也一定急著想變成鳥，不然，幹嘛坐著魔毯到處飛來飛去？）

魔毯，魔毯。看來只有靠魔法幫忙了！

一些年老有智慧的魚立刻被賦予重任。各種神奇罕見的植物、礦泥，都被聚到一塊，所有祖傳、新創的咒語都被拿來研究、實驗……好幾十年過去了，海底世界都已形成了海底王國，一項偉大的藥方才遲遲問世。只要服了它，魚就能蛻去尾巴、長出腳，到岸上去……可是……可是，發明這藥方的，卻是個海巫婆，第一個想變成人的，是位美麗的小人魚公主……唉，我們還是跳過這一段吧！這段插曲實在太悲慘了！很久以後，一位聽過這段故事的丹麥作家安徒生，曾經含著眼淚，在他的〈人魚公主〉裡，記錄了這齣悲劇的始末。

在那故事的結尾，變成人的人魚公主不忍心殺死王子，只好變成泡沫，消失在茫茫大海裡。這結局使得海底其他魚類傷透了心，他們把想變成人的願望吐出嘴巴，化成一顆顆泡沫，陪伴可憐的人魚公主；再沒有一條魚想變成人了！他們把海巫婆趕到大海溝，準備忘記「天空之海」

……海上世界漸漸又變成一個遙遠的傳說。

好幾百年之後，又是一個晴朗的早晨，一條旗魚的後代子孫（還是旗魚），在深藍藍的海中央碰到鯨魚的後代子孫（也還是鯨魚），他們忽然想起自己祖先曾經做過的事，一時心血來潮，又相約合作，再到海上面去瞧瞧。

於是，同樣的水柱又出現在海面上。

一艘寫著「獵犬號」的船正好經過，船上一位年輕人拿著筆記本，靠在船舷邊。旗魚看到了他。

「嗨！人。」旗魚大聲叫他，聲音大得就像他的祖先一樣：「你的魔毯為什麼拖著水？」

「這不是魔毯，」年輕人說：「是船。」

「船？你是要到陸上之城去找公主嗎？」旗魚只知道他祖先的傳說。

「不，我不去找公主。」年輕人把手上的筆記本翻給旗魚看：「我到世界各地去找各種生物。瞧！我在不同地方找到這麼多相似的動物、植物！」

「你不想到上面去看看嗎？」旗魚指指「天空之海」說。

「上面？」年輕人笑笑說：「我沒翅膀啊！」

天空之海

「也對。你還沒長出翅膀。」旗魚一本正經地說。

「哦，你覺得我會長出翅膀？」年輕人覺得很好笑。

「應該是吧。」旗魚紅著臉說：「聽我們祖先說，魚得先長出腳，才能走到陸地上，再長出翅膀，才有機會飛到天空之海。」

「哦，聽你說，好像生物都是進化來的，一切生命都從海洋來……」年輕人突然僵住臉，一口氣喘不過來，張嘴急急大叫：「對了！對了！進化！進化！一切都是進化來的！」他趕緊拿起筆，在筆記本上嘩嘩直寫。

「喂喂喂！」旗魚一直喊他：「你還沒告訴我你是不是阿拉丁？」

「呃，進化。達爾文。進化……」年輕人寫傻了，頭也沒抬地回答：「達爾文……」

到底年輕人是叫進化，還是叫達爾文？旗魚回到海底，跟鯨魚想了半天也想不透，最後決定叫他「進化達爾文」。這個真名叫達爾文的年輕人，幾年後寫了一本有關進化論的書——《物種源始》。聽說第一本出廠的書就送給了旗魚；可惜旗魚看不懂字，只好把書立在海底，每一頁都穿出一個不同的洞，給其他小旗魚玩「過

山洞」的遊戲。

　　又是一百多年過去了。

　　二十世紀末的一天中午，一艘太空梭剛剛返回地球。太空梭的駕駛艙安安穩穩降落在大海洋；駕駛艙旁邊，一隻旗魚正藏在一道水柱裡，上上下下……太空人打開駕駛艙，大聲和旗魚問好。

　　旗魚有些不敢相信地張開口：「你……你是從『天空之海』上掉下來的？」

　　「天空之海？」太空人俏皮地眨眨眼睛：「好名字！地球上頭，可真是一望無際的大海洋呢！」

　　「可是，你並沒有翅膀啊！」旗魚顯得很困惑。

　　「噢，我們不用翅膀，」太空人拍拍頭上的太空帽說：「現代科技就是我們的翅膀！」

　　現代科技？是另一種魔毯嗎？旗魚偏著頭想。

　　一艘大船擠滿了歡呼的人群，駛向駕駛艙。

　　太空人向船上人招招手，又轉頭對旗魚說：「知道嗎？所有陸上生物都是從海裡進化來的，算算，我們可都還是遠房親戚呢！」

　　旗魚正想說話，大船已經駛到。

船上人高興地幫興奮的太空人和害羞的旗魚合拍照片。

　　他們一邊按下快門一邊微笑地說：「這真是偉大文明與原始生物的美麗相遇！」大船離開了，一個問題卻留在旗魚腦子裡——飛到「天空之海」上的人，為什麼還會掉下來？

　　陽光下，太空人的太空帽在遠遠的船上閃了閃光。

　　啊，對了！對了！

　　因為人——沒有鰓！

　　沒有鰓，人要怎麼在「天空之海」上呼吸呢？

　　旗魚看看遠去的船，遺憾地想著：老祖宗怎麼都忘了一件事。

　　所有動物到了「天空之海」，都必須再還原一次——他們都必須再回頭變成魚啊！

　　魚才是最偉大的動物！真可惜人不知道。

　　旗魚興奮地把這個新發現帶回海底。所有魚都高興地在海裡游上游下，一些魚還快樂地展開環海大競游；尋尋覓覓了這麼多年，原來自己才是最偉大的動物。多好的答案！

偉大的動物當然也應該是慷慨的動物。所有魚一致決定：把海洋以外的世界留給其他進化中的動物， 就連「天空之海」也留給人類 。

　　於是，藍藍的大海洋上不再出現藏在水柱裡的旗魚。

　　但是卻多了許許多多躍出海面的旗魚！

　　因為——躍出海面成了旗魚的成年禮。

　　所有長大的旗魚都必須躍出海面，體驗一下他們老祖宗的昏眩感受。他們稱它作「大發現昏眩」。

　　不過，在海底下的魚從此過著幸福快樂的生活之前，還有個小小插曲。

　　一次，一群夜裡跳出海面的旗魚，發現「天空之海」不見了。一大片黑黝黝的窟窿橫在上頭！

　　嚇壞的海底世界還沒搞清楚是怎麼回事。下一批在白天躍過亮澄澄海面的旗魚，又瞧見了湛藍藍的「天空之海」！

　　怎麼回事呢？

　　聰明的魚類這次沒浪費好幾百年，或是好幾十年的工夫——事實上，在這種現象反覆出現好幾次之後，他們

就想出了答案。

「天空之海」──海嘛，當然會有漲潮、退潮嘍！

「天空之海」。白天漲潮，夜晚退潮。答案就這麼簡單！

不是嗎？白天，漲滿潮的「天空之海」，不是飄盪著一些白白的「浪花」？到了夜晚，退潮之後的「天空之海」留下一大片黑黝黝的海灘，上頭，不是還稀稀落落地閃著一些反光的小貝殼嗎？

這麼一想，所有魚都放心了。他們像其他老故事裡的幸運主角一樣，從此過著幸福快樂的日子，一直快樂到這本書的最後一個字。

── 原載1995年3月19、26日《中國時報・童心版》
選自1995年9月民生報《十四個窗口》

天空之海 ★

Part.07

被遺忘的
聖誕老公公故事三則

聖誕老公公為什麼有時候沒來？

有一年的十二月二十六日，聖誕老公公睡了一天覺醒來。

「哎，又失業了。」他看看月曆，嘆了一口氣。下一年的聖誕夜，還等在三百六十五天之後呢！

一個月過去了。聖誕老公公每天都過著一樣的日子。

「唉，真無聊！」聖誕老公公走出屋子；馴鹿也在園子裡悶得發慌。

「我們來找點事情做一做吧。」聖誕老公公拍拍馴鹿的脖子說。

做什麼好呢？

聖誕老公公想到街上冷得連尾巴都抬不起來的流浪狗。

「啊，那些狗兒真可憐！」聖誕老公公走回屋裡，開始動手編織東西。

隔幾天，馴鹿又快快活活地出現在半空中；聖誕老公公又回到城裡來了！

「唔，好狗狗，不冷，不冷，你們都是大地的好孩子。」聖誕老公公拿出織好的棉襪，幫每隻流浪狗套上，每隻流浪狗都高興得猛搖尾巴；尾巴上，各種花花綠綠的襪子像聖誕卡一樣漂亮。

聖誕老公公露出滿意的笑容，正想回家，卻看到牆角邊，幾隻怯生生的野貓露出羨慕的眼神⋯⋯

於是，聖誕老公公又拍拍馴鹿的脖子，在馴鹿耳朵邊說了幾句悄悄話。

沒多久，聖誕老公公又回到城市裡；每隻野貓的耳朵上都多出了一雙美麗的棉襪。

聖誕老公公沒有閒下來。因為他又想到其他動物！

「我以前真是太粗心了！」聖誕老公公打開動物圖鑑，邊看邊搖頭：「怎麼沒想到動物也應該每年收到一份

禮物呢？」這麼一想，聖誕老公公又開始忙起來了。

　　他開始為每一種動物準備禮物，並在每個月二十四日的晚上送出去。動物們也開始習慣在每個月的二十四日晚上，在期待中入睡——因為他們誰也不知道，這個月會輪到誰收到意外的小禮物。

　　就這樣，聖誕老公公從年初忙到年尾，忙得不亦樂乎。

　　只是，他常常忙得忘了月份，有時候甚至忙糊塗了，把要送給小男孩的禮物送給小黑熊或是梅花鹿，不然就是把要送給小女孩的禮物送給小白兔或綠繡眼。這就是為什麼小朋友有時候沒收到聖誕禮物的原因。

聖誕老公公為什麼能把禮物送完？

　　很久很久以前，有好多好多個聖誕老公公，他們住在世界各地。

　　世界各地有黃種人、白種人、紅種人、棕種人，還有黑種人。所以，世界各地就有黃色的聖誕老公公、白色的聖誕老公公、紅色的聖誕老公公、棕色的聖誕老公公，

Merry X'mas

還有黑色的聖誕老公公。不同膚色的聖誕老公公待在自己的國家，為自己國家的小孩子準備聖誕禮物。每年只有一個晚上，他們會變得一模一樣。對了！就是聖誕夜。

　　每年的聖誕夜，不同膚色的聖誕老公公從一樣沾滿黑色炭灰的煙囪爬出來，個個都變成黑黑的聖誕老公公。所以他們給平安夜取了個別名，叫「世界大同夜」。只要一想到其他聖誕老公公也和自己一樣，髒得烏漆抹黑，所有聖誕老公公就忍不住嘻嘻哈哈笑起來。笑聲飄進風裡，從亞洲到美洲，從歐洲到澳洲，從東半球到西半球……黃色、白色、紅色、棕色、黑色的笑聲兜起來，串成一串銀鈴，叮叮噹噹向北極飄去。北極白白的雪地上就開滿了銀色的小花。

　　可是，後來鄉鎮變成了都市，平房變成了高樓大廈。聖誕老公公們找不到煙囪，只好爬窗戶進房間。但是窗戶不是太高就是裝了警報器，許多聖誕老公公不是摔斷了腿，就是被警察帶回警察局作筆錄。還有一些太胖的聖誕老公公甚至被卡在窗戶中間，直到第二天才被人救出來。

　　聖誕老公公們開了一次「全世界聖誕老公公大會」，

決定集體退休，搬到北極星去。只有一位胖胖的，而且「並不怎麼討厭都市生活」的聖誕老公公留了下來，繼續幫大家送聖誕禮物。

可是，一個人怎麼送得完聖誕禮物呢？

還好這位聖誕老公公很聰明，他看到郵差送信，立刻就想到可以成立一個「聖誕禮物快遞公司」，只要找到一群「聖誕郵差」，就不怕禮物送不完了。

他想啊想，找啊找，終於找到一群「心甘情願、不領薪水」的愛心郵差。那就是全世界生了小孩的爸爸媽媽。

每年一到了平安夜，北極上那些由五顏六色的笑聲長成的小花，就會開滿銀色的笑聲。聖誕老公公採下這些笑聲，別在禮物上，然後乘著馴鹿小車，將它們灑在五大洲的天空上。這些笑聲會直接跳進所有爸爸媽媽的耳朵裡。於是，這些聽到銀色笑聲的大人們，就會想起自己小時候收到聖誕禮物的喜悅，一個個都高高興興的幫聖誕老公公去送禮物。這就是為什麼有些爸爸媽媽在十二月二十五日的早晨，一起床還會猛打呵欠的原因。

聖誕老公公為什麼不會繼續老下去？

　　十二月二十五日凌晨，聖誕老公公回到家裡。

　　「終於把禮物都送完了。」他把馴鹿帶進園子，拴上柵欄。

　　雪花飄下來，蓋滿聖誕老公公的屋頂。白白的煙囪，看起來就像一只白色的新襪子。

　　聖誕老公公抬眼看見煙囪，不住微笑：這老屋子也在向我討禮物呢！

　　他打開背袋，挑了一朵黃色小花，別在帽沿，然後

爬上煙囪，把自
己當作禮物，
跳進家裡。

　　燭火立刻
通明！

　　——有什麼
禮物比主人準時回
家，更令房子高興
的呢？

　　燭火搖來搖去，像要聽
故事的小孩子。

　　「明天再說故事給你聽吧。」聖誕老公公說著躺上
床，把鬍子攏進被窩。「呵，還真有點累呢。」他打個
呵欠，屋裡的燭火只好乖乖跟著閉上眼睛。

　　夜裡，時間之神從煙囪溜進來，坐在聖誕老公公的
床沿，看著他臉上的皺紋。聖誕老公公沉沉進入夢鄉，這
一年來的點點滴滴：每一份挑好、包好的禮物，每一戶富
有、貧窮的人家，每一個開朗、害羞的小孩……一一浮
起、掠過他的心頭。

黎明之前，時間之神伸手撫過聖誕老公公的臉，抹去這一年來新添上他額頭的皺紋。

遠處，笑聲在孩子收到禮物的夢中輕輕傳開。

——原載1994年12月18日《中國時報·童心版》

★ 被遺忘的聖誕老公公故事三則 ★

Part.08

屋頂上的羽毛

一根羽毛落在屋頂上。

屋頂上有一片青苔，綠綠的，像山坡上的青草地。

陽光暖呼呼、白嘩嘩照下來，羽毛恍恍惚惚作起夢……

他夢到草地上有一隻大花貓。

羽毛高興地說：「啊，我夢到一隻大花貓！」

草地上的大花貓突然打了個滾，開口說話：「哼！誰是你夢到的？我本來就在這裡。」

大花貓摸摸鬍鬚，抖抖腦袋，夢出一隻大老虎：「瞧，我也會作夢！比你還厲害，一夢就夢到一隻大老虎。」

老虎大吼一聲，狠狠瞪著大花貓：「胡說八道！誰是你夢到的？我是我自己。」老虎抓抓耳朵，晃晃腦袋，夢出一個大巨人：「瞧，作夢有什麼了不起？我也會，還夢個大巨人！」

大巨人彎下腰，瞪著老虎，眼睛冒火，聲音像打雷：「吹牛！我又高又大，怎麼可能是你這隻小老虎夢出來的？」

大巨人扯扯頭髮，敲敲腦袋，夢出一群大野牛。「瞧，只有我才夢得出這麼棒的夢！」

大野牛什麼話也沒說，只是低著頭在草地上吃草。

大巨人越看越得意：「哈，還是我最厲害，夢得最偉大！」

大巨人的話才說完，大野牛開始在草地上跑過來跑

過去，帶起一陣風。

大野牛越跑越快，風越吹越強，變成一陣大強風。

強風在草地上吹過來，吹過去，吹過大野牛的尾巴，吹過大巨人的頭髮，吹過大老虎的耳朵，吹過大花貓的鬍鬚……

大野牛不見了！

大巨人不見了！

大老虎不見了！

大花貓不見了！

屋頂上，一片羽毛在空中輕輕飄遠。

——原載1995年11月19日《中國時報·童心版》

★ 屋頂上的羽毛 ★

再見小童

精靈學校四年一度的學習之旅就要開始了，小精靈們一早就圍著學科噴泉排排坐好。閃閃爍爍的水珠在噴泉裡上上下下地湧動，逗引得小精靈們個個睜大了眼睛。他們都知道這些不同顏色的水珠代表不同的學科，待會兒鐘聲一響，就會有一顆水珠落到手上，告訴他們未來四年要學什麼功課。精靈小童和大家一樣，興奮地盯著彩色噴泉，好奇地猜想是哪顆水珠會落到自己手上。

　　噹噹噹——！鐘聲敲了十二響。噴泉裡的水珠突然往上一沖，四散旋開。所有精靈手上都落下了不同顏色的水珠。水珠很快漾成了字。

　　「再見？」小童看著手上藍色水珠漾成的字，失望得不得了，「『再見』有什麼好學的？」

　　他轉頭看看別的精靈：有的精靈手上是白色水珠漾成的「自由」，有的是金色水珠漾成的「笑」，有的是紫色水珠漾成的「夢想」每一個精靈的眼睛裡都閃著喜悅的目光。

　　一朵蛋糕雲飄過來，接走一位胖精靈；胖精靈手上寫的是「驚喜」。

　　一個音樂盒飄過來，半空裡灑下一串音符階梯。一

位矮精靈踩著階梯，Do Re Mi Fa So La Ti Do地走上天空；矮精靈抽到的是「幸福」。

　　一段亮紅的地毯從遠處一路鋪來，停在一位瘦精靈腳前。瘦精靈走上去，地毯略略抬高，緩緩向遠處退去；瘦精靈抽到的是「尊貴」。

　　精靈們陸陸續續被接走了，只有小童還待在原地。

　　怎麼？抽到了「再見」，就要我留到最後，跟每個精靈說再見嗎？小童紅著眼睛看著同伴一個個離開，心裡很不高興。

　　終於，一艘由花葉編成的小船，緩緩從天邊飄來，停在小童面前。

　　這麼晚才來接我？小童嘟起嘴，心不甘情不願地走上小船。小船輕輕浮起，慢慢向天盡頭飄去。小童回頭看看精靈學校，覺得空盪盪的噴泉真難看。

花葉船飄到一座山谷，一位老法師站在入口，鬍子閃著七彩的顏色。

　　「歡迎來到記憶谷。」老法師領著小童，走進山谷。

　　「那是時間河，這是秋天樹，剛跑過去的是七色鹿，轉角邊的是七日花……」老法師邊走邊介紹谷內的生物。

　　「等一等，等一等！」小童耳朵邊不斷冒出新名字，聽得他糊裡糊塗：「沒弄錯吧？我是來學『再見』的，不是來學『認識』的！」

　　「不急，不急，」老法師笑笑說：「等你學會了什麼是『認識』，我就會教你怎麼說『再見』。」

　　什麼跟什麼嘛！小童覺得老法師腦袋裡住著一個外國人，說的話他都聽不懂。

　　晚上，老法師帶小童走進一棟石屋，領他走到床邊。

　　「以後四年，你就睡在這張床上。」

　　小童躺上去才發現床中間有點凹，窩著有點難受，但他忍住沒吭聲。

　　老法師讚許似的點點頭，說：「我就住在附近，我們明天見。」

「再見！」小童大聲應回去。老法師笑了笑，走出房門。

再見？還不容易，不就這麼簡單！小童翻身想睡，卻被凹凹的床弄得睡不著。

第二天一早，老法師又帶著小童在記憶谷裡散步，直到晚上才回到石屋休息。就這樣，小童每天都跟著老法師待在谷裡。他們有時停在樹下，有時躺在草地上，有時只是隨便走走，有時卻又什麼也不做地站在小溪中央……唯一不同的是，每天在星星出來以前，老法師會說一個自己的故事給小童聽。

不到三個月，小童就把記憶谷裡的每個地方都摸熟了。可是，要認識完記憶谷裡的生物卻整整花了他半年時間。

慢慢的，小童才發現有些動植物都不見了。

「他們都死了。」老法師解釋說：「記憶谷裡的生命都不長久，還記得七日花嗎？你來的第七天它就死了。有些生命消逝得太快，你來不及和它們說再見。」

小童沒說話；他對七日花根本沒印象。

「『認識』需要時間與傾聽。」老法師說。

小童開始和老法師固定在一天裡的同一個時間躺在山坡上聽芒草唱歌，或是在一天裡的不同時刻去看秋天樹，然後爬上同一座山頭。有時，他們也會和路上碰到的動物一塊玩耍。小童最喜歡騎在七色鹿背上，一口氣跳過九十九條小溪！

　　第二年秋天，老法師帶小童到秋天樹前。

　　「它就要消失了。」老法師說。秋天樹的葉子已經掉

★ 童話列車・林世仁童話 ★

光，樹枝正慢慢變成透明。

小童走上前摸摸秋天樹的樹幹，心裡有些難過。

秋天樹好像也很難過，它上半身的樹幹一寸寸地消失了。

小童蹲下來，摸著秋天樹說：「再見了，秋天樹。」

秋天樹晃晃樹幹，也像在和小童說再見。

一陣風過，秋天樹整個消失了。

小童伸出的手空空地懸在那裡。他摸不到任何東西。

「這就是『再見』嗎？」小童問。

「你說呢？」老法師反問。

「我不知道，」小童搖搖頭：「我覺得我還不認識它。」

「你不是已經知道它的名字，也跟它說過話了嗎？」老法師又問。

「可是，我覺得我還沒真正了解它，」小童說：「它也還沒完全了解我。」

第二天，老法師開始要求小童每天也說一段自己的故事，來交換他的故事。

小童本來以為自己的故事，一定沒幾天就說完了。但是奇怪的是，只要一看到老法師期盼的眼神，小童立刻就會想起一段他幾乎忘掉的往事。

　　更奇怪的是，小童竟然開始喜歡老法師了。從老法師每晚說的故事裡，小童發現老法師也曾經是一個淘氣的小精靈，也曾經在魔法大考時作過弊，還曾經逃家好幾次！小童最喜歡聽老法師講他年輕時的流浪故事。為了體會樹的感覺，年輕時的老法師竟然變成松樹，在山坡上整整站了兩百年呢！

　　「只有易地而處，你才能真正知道對方的感受。」老法師說。

　　「易地而處」？似乎挺好玩的嘛！小童開始跟老法師玩起變形遊戲。

　　他們有時變成山羊，和山羊一塊享受咀嚼青草的滋味；有時又加入老鷹的行列，在山谷裡盤旋，感覺疾風撲打羽翼的勁道；有時變成芒草，站在山坡上迎著狂風猛搖頭；有時又變成鵝卵石，躺在河床上，讓河水從身上流過，感覺動物從身上踩踏過的感受。不過，小童最喜歡的，還是變成七色鹿，和牠一口氣跳過九十九條小溪。

第三年年底，小童發現自己已經喜歡上了記憶谷。

可是，記憶谷裡的動植物卻仍在不斷消失。

他們在溪邊看見七色鹿。

七色鹿靜靜躺在草地上。

「牠快死了。」老法師說。

小童蹲下來，看著七色鹿。

七色鹿半張著眼睛，緩緩呼著氣，牠身上的七色斑紋漸漸消失⋯⋯

紅色斑紋首先變淡。小童想起那些和七色鹿一塊跳過小溪的日子。

橙色斑紋跟著漸漸褪去。小童想起河水流過他身上那種冰涼涼的感覺。

黃色斑紋接著逐漸轉淡。小童想起芒草在風中歌唱的聲音。

綠色斑紋不再顯眼。小童想起他早已經習慣了的凹凹床鋪。

藍色斑紋暗下去。小童想起那些他來不及說再見的動植物朋友。

靛色斑紋漸漸消失。小童想起他第一次見到記憶谷

的情形。

　　紫色斑紋最後也離開不見。小童想起他第一天見到老法師的模樣。

　　七色鹿身上已經沒有一點顏色，小童伸手摸摸七色鹿的頭。

　　七色鹿輕輕闔上眼，不再動了。

　　「這就是『再見』嗎？」小童問。

　　老法師笑了笑。他鬍子上的七彩顏色消失了。

　　「七色鹿一死，記憶谷也要消失了。」老法師伸出手， 花葉船又出現了。

　　「是你該回去的時候了。」老法師揮揮手，花葉船飄向小童，將他托離地面。

　　「等等！等等！四年的時間還沒到啊！」小童急得直眨眼睛。

　　「但是記憶谷消失的時間已經到了。」老法師一個字一個字地說：「我離開的時間也到了。孩子，有些事情是

沒辦法預期的。」

　　花葉船將小童托上天空。整個記憶谷開始慢慢消失。一陣大霧掩來，老法師的身影逐漸變淡。

　　「可是可是我還沒準備好說再見呢！」小童說。

　　「再見有很多種說法，」老法師的聲音越來越弱：「真正的再見是說不出口的。」

　　老法師最後的話語消失在一片大霧裡。

　　在回精靈學校的路上，小童沒有聽見吹過耳邊的風聲，沒有看見掠過身邊的風景，他甚至沒有注意到自己的眼角流下了眼淚。

　　他只知道，他的心正在跟老法師說再見。

　　而當花葉船接近學科噴泉的時候，消失的記憶谷像是有了新的生命，又開始一點一滴回到了小童心裡……

——原載1996年2月25日《中國時報·童心版》

選自1999年8月民生報《再見小童》

再見小童

冒火的巨人

巨人全身火燙燙，好像有千把火、萬把火在他身體裡頭燒，燒得他躺不下、坐不住，燒得他衝出門、大聲吼、拚命往前跑。

巨人鑽進瀑布裡，嘩啦啦的瀑布澆不息他腦袋裡的熊熊火。巨人跳進小溪中，淅瀝瀝的溪水捲不去他胸中的團團火。巨人繼續往前跑，帶起陣陣風。可惜，風連他腳趾頭縫裡的火也吹不熄！

巨人往森林跑，一邊跑，一邊想：「我要砍掉大森林，搭一座木梯子爬到天上去涼一涼！」

大河邊坐著一位老漁夫，愁眉苦臉在嘆氣。

巨人很好奇：「老伯伯，天這麼旺，地這麼熱，你怎麼坐在這裡直嘆氣？」

老漁翁說：「我舉不起網兒、搖不遠船，身體冷得像塊冰，只好坐在這裡直嘆氣。」

「巧呢！我的腦袋熱呼呼，像有十個太陽在打滾。來，讓我替你暖暖身。」

巨人抱起老漁夫，用

他的大額頭靠靠老漁夫的小額頭。

老漁夫的臉龐泛起了光，紅嫩嫩，好像映著太陽光。

「啊，我覺得我又可以幹活了！我又能划遠船、唱起歌，再大的魚兒也能網得住！」

老漁夫解開纜，搖起槳，高高興興的去遠了。

巨人覺得腦袋裡少了幾分燥，放慢腳步輕輕跑。

他一邊跑，一邊想：「奇妙又奇怪，腦袋不疼也不熱。我只要砍掉半片森林，出出汗就行！」

山腳下有位老樵夫，坐在石頭上發愁。

巨人很好奇：「老伯伯，天這麼旺，地這麼熱，你怎麼坐在這裡直發愁？」

老樵夫說：「唉！我上了年紀幹不了活，手也僵了，腳也麻了，只能坐在這裡直發愁。」

「巧呢！我的胸口熱騰騰，像有千百根火把在蹦蹦跳。來，讓我替你暖暖身！」巨人抱起老樵夫，用他的大胸膛緊緊貼著老樵夫的小胸膛。

老樵夫胸也挺了，腰也直了，看起來年輕了二十歲。

「啊，我還能砍一把柴！我還能造一間房！」老樵夫伸伸手，覺得手還能舉起大斧頭；老樵夫抬抬腿，覺得腿還能夠跑馬拉松。

巨人覺得胸膛少了幾分燥，放慢腳步輕輕走。

巨人一邊走，一邊想：「奇怪又奇妙，胸口不再熱騰騰。我現在只要到森林裡頭走一走，散散熱就行！」

路旁一群小孩圍著土窯猛吹氣，個個臉上都是一團灰。

巨人很好奇：「怎麼回事，怎麼人人都是滿臉灰？」

小孩抹抹黑黑的小臉蛋：「土窯裡的火苗吹不旺，地瓜怎麼燜也燜不熟。」

「巧呢！我的雙腿熱滾滾，好像兩條火柱子。來，讓我來幫你們生生火！」巨人坐下來，雙腳夾著小土窯。不一會兒，小土窯就冒出煙，飄出陣陣地瓜香。

小孩高興得又叫又跳，圍著巨人跳起舞。路旁的小野草暖呼呼的開出好多花。

巨人站起身來微微笑：「慢慢吃，別燙著！我還要到森林裡去散散步。」

巨人繼續往前走。他覺得頭也清醒，胸也舒爽，腳

步也變得好輕鬆。

　　巨人走進森林，坐在一棵大樹下；他覺得綠油油的森林真好看。

　　微風輕輕吹，樹葉輕輕搖，幾隻小鳥在樹梢輕輕唱。巨人閣上眼睛，清清涼涼的睡著了。

——原載1996年3月24日《中國時報·童心版》

小胖的
拖拉全餐

上午十點，「戴媽媽服務中心」的大門才剛打開，一位胖媽媽便搶先掛了第一號。

　　「歡迎光臨！」大廳中央一台超級大電腦發出和藹的聲音：「我是戴媽媽，有什麼能為您服務的嗎？」

　　「這是小胖，」胖媽媽把一位胖小孩往前一推，說：「這孩子喜歡邊看電視邊吃飯，一口飯可以含半小時，罵也罵不聽，哄半天，才動一下嘴。」

　　「拖拉病。」電腦溫和地說：「請選擇您希望的矯正課程。」

　　電腦螢幕上出現三行字：

　　(1)潛移默化課程──三月矯正拖拉病。

　　(2)引導改正課程──兩月見效。

　　(3)遊戲漸進課程──一月見效。

　　「太慢了！太慢了！」胖太太不滿意地說：「時間就是金錢。有沒有一天見效的？」

　　「當然有，拖拉全餐！專業恐嚇，一天見效。」大電腦又發出柔和的聲音：「戴媽媽永遠代媽媽解決問題！」

★ 小胖的拖拉全餐 ★

「好！我喜歡這個。小孩子就是要嚇嚇才會乖！」胖媽媽滿意地付了錢，留下小胖先走了。

一位胖機器人走過來，對小胖一鞠躬：「小主人，請跟我來。」說畢領小胖走進一間餐廳。餐桌上畫著各種圖案，一格格畫的全是雞鴨魚肉，青菜水果。

小胖撇撇嘴，不情願地坐在餐桌邊的高椅上。

「我們會為你準備拖拉全餐，你可以慢慢吃。不會有人催你。」胖機器人說完，伸手在桌邊按鈕上快速按來按去。

小胖一眼瞧見餐桌對面有台電視機。「啊，有電視！」小胖高興地拿起遙控器，打開電視，原本嘟著的嘴角向上彎成了微笑。

電視畫面上出現一位小男孩，坐在餐桌前，邊看電視邊吃飯。小胖看了一會兒，電視裡的小男孩只吃了一口飯，嚼了七八下，什麼事也沒發生。

「不好看。」小胖換了一個頻道。奇怪，畫面怎麼一樣？小胖再仔細看，螢幕上的小男孩似乎變大了一點。

小胖又轉到別台，咦，怎麼每一台的畫面都一樣？連餐桌上的食物都一模一樣？只有一樣不同：坐在電視機

前的小男孩年紀似乎越變越大。

「那是早餐先生。」胖機器人似乎看出小胖的疑惑：「他一出生就開始吃早餐，吃到現在都還沒吃完他的第一頓早餐。」

胖機器人按完按鈕，雙手啪啪兩響。桌面上的圖案便一格格打了開來，一道道菜依次出現。小豬圖案上出現一盤紅燒肉，小魚圖案上出現一碗清蒸魚，蘿蔔圖案上出現一道燉蘿蔔……不一會兒，桌上便擺滿各式各樣的菜。

「小主人，請慢用。」胖機器人點頭行禮，後退著離開房間。

「吃什麼好呢？」小胖想了想，「先吃雞肉吧！」

小胖正要伸手挾肉，盤裡的雞突然跳起來。天啊！竟然是一隻活生生的土雞！

「等一等！我還有三顆蛋還沒孵完，」土雞抖抖翅膀說：「麻煩你先等一下， 我去去就來！」土雞跳下桌子，咕咕咕地跑出去了。

「呃，好可怕的菜！」小胖嚇了一跳，「我還是先吃鮮蝦好了。」

小胖正準備拿起筷子，湯裡的蝦子突然動了起來。

「等一等，我們還沒洗乾淨呢！」兩隻蝦子從湯裡跳出來，跑到洗手台邊，打開水龍頭，你幫我洗，我幫你搓，把身體搓得紅通通的才又跳回湯裡。

「好啦，你現在可以吃我們了。」蝦子一翻身，露出又紅又肥的背。

「真噁心！誰敢吃你們啊！」小胖一點都不想吃肉了，「還是吃青菜比較安全。」小胖將筷子轉向豌豆苗。

豌豆苗突然一根根抬起頭，你跳到我身上，我跳到你身上。一根根開始玩起疊羅漢，不一會兒就聯成一大串，穿過天花板，直直長到天上去了。

「哈！我知道，」小胖高興大叫：「這是傑克的仙豆！」

小胖興奮地攀著豌豆苗，開始往上爬。

「待會兒看到巨人，看我怎麼整他！」小胖讀過童話，一點兒也不怕傑克碰到的笨巨人。

小胖爬著爬著，爬過了天花板，爬過了一層一層的高樓屋頂，爬過了一朵一朵的白雲，眼看就要爬到了巨人的家。可是小胖實在太胖了，豌豆苗才剛剛搆到巨人家的大門就開始往下彎，向下彎，彎回一朵一朵的白雲，彎回一層一層的高樓屋頂，彎回天花板，彎回到了房間裡。

可是，小胖並沒有彎回坐位上──他彎進了電視機裡！

小胖看到一個好熟悉的畫面。一張餐桌，桌上擺滿食物，餐桌對面一台電視機……一切都跟他之前在電視機裡看到的一模一樣。唯一不同的是──坐在桌子邊的，不是一個小男孩，不是一個大男孩，而是一個老頭子。

「哈！終於有人來了！」老頭子看到小胖，顯得非常高興：「請坐！請坐！」

「您是早餐先生嗎？」小胖一邊坐一邊問。

「嗯，我是。」老頭子點點頭，等小胖一坐好，他又站起來說：「不過，現在我不是了。」

「什麼你是你不是的？」小胖沒聽懂。

「你來之前我是早餐先生。」老頭子神祕地笑了笑：「你來之後我就不是早餐先生了。」

「為什麼？」

「因為現在開始，你才是早餐先生。」老頭子高興得嘴巴都合不攏。

「什麼！」小胖嚇得想站起來，卻發現自己被椅子黏住了。

「沒有用的，這桌子一次只會黏一個人，不吃完這頓早餐你是走不掉的。」老頭子又補了一句：「除非有另一個倒楣鬼來代替你吃！」

老頭子站在電視機前面，指著螢幕說：「我看了一輩子電視，從來都不知道世界的真正模樣。」

「謝謝你來幫我吃，」老頭子笑嘻嘻地走向門口：「我可不想到死都沒見過外面的世界。」說完，他揮揮手走了出去。

小胖久久才回過神來。他發現對面的電視機會自動切換頻道，根本不用動手。哇，真好！能這樣坐著邊看電視，還邊吃邊看，有什麼不好？

小胖的視線從電視機轉回餐桌。

「東西不多嘛！」小胖看看桌上的七、八道菜。「吃完才能走？哼，我十分鐘就吃完！」

小胖從第一道紅燒雞翅膀開始吃。他先算了一下，十隻雞翅膀，吃十次就解決了。他拿起第一隻雞翅膀，三兩下啃完，再拿第二⋯⋯咦，怎麼還是十隻雞翅膀？小胖又吃掉一隻，再數，哇！盤裡不多不少，仍然完完整整擱著十隻雞翅膀！

「天啊，這樣吃下去，什麼時候才能回家啊？」小胖試試其他盤，發現每一盤都是「聚寶盤」，隨吃隨補，永遠吃不完。小胖越吃越害怕。

不行，得想想辦法才行！小胖看著電視機發呆。

電視螢幕緩緩變換著畫面。中國大陸——印度——伊朗——土耳其⋯⋯畫面像地球自轉似地自東向西出現不同的地方⋯⋯非洲的畫面出現了。一大群骨瘦如柴的非洲饑民，或坐或躺在黃沙地上，一個個面黃肌瘦⋯⋯

「太過分了！」小胖忽然覺得好生氣：「我這裡的菜，怎麼吃都吃不完，他們那裡卻連一點食物也沒有！」小胖越想越氣，狠狠瞪著電視。忽然，他發現那些非洲饑民抬起了眼睛，羨慕地看著他⋯⋯難道⋯⋯小胖忍不住丟

了一盤雞翅過去……

怪事發生了！

雞翅居然直接飛進電視機裡。一群饑民圍著從天而降的雞翅，高高興興吃了起來。

小胖愣了一下，立刻像發現逃生門似的，把桌上的所有菜都丟進電視。畫面上的非洲饑民全跳了起來！他們從來沒吃過這麼好吃的東西，而且怎麼吃都吃不完！

看到電視裡的人那麼高興，小胖也很高興！他不但找到人幫他吃，而且，還是一大群人呢！

小胖站起來——既然菜都有人幫他吃了，他當然就不用再當「早餐先生」了！

小胖站在電視機前，看著畫面緩緩變化……奧地利——德國——法國——英國——美國……畫面漸漸變向東方……澳洲……印尼——台灣！

小胖立刻跳進電視！

一片黑暗襲來，小胖覺得自己被一個箱子緊緊實實的包住了。

「叮咚！戴媽媽限時專送！」小胖聽到一個聲音。

小胖睜開眼睛，發現媽媽正把自己從郵包裡抱

出來。

戴媽媽把他寄回家了！

郵包裡還有一張獎狀。胖媽媽打開一看。原來是戴媽媽發的天才兒童獎狀。

上面說小胖是戴媽媽管教中心遇過最聰明的孩子。

胖媽媽非常高興，抱起小胖親了又親。拿到獎狀的小孩一定最優秀，小胖吃飯一定不會再慢吞吞了！「戴媽媽服務中心」果然「代媽媽解決問題！」

只是，胖媽媽一直沒法確定小胖吃飯是不是變快了。

因為……因為小胖再也不肯吃飯了！

小胖開始吃麵，每餐都吵著吃麵。長長的麵條，一吃就吃半天。

現在，小胖吃麵比吃飯更慢嘍！

——原載1996年10月5日《民生報‧少年兒童版》

★再見小童★

Part.12

小白還是小黑？

星期天上午，斑馬小白跟白馬小俊比賽跑。小白跑贏了，得意的嘶嘶叫。小俊不服氣，故意罵小白：「羞羞羞，明明沒我白，還好意思叫小白。你根本就應該叫小黑！」

　　「小黑？為什麼？」小白好驚訝。

　　「因為你身上的黑條紋比白條紋多啊！笨蛋！」小俊說完就走了。

　　小白愣愣站在原地想：我身上的黑條紋真的比白條紋多嗎？

　　如果真的比較多，我是不是就不是「小白」了？小白越想越害怕，急著找人幫他數一數；他可不想被叫錯名字。

　　小白兔一蹦一蹦跳過來。

　　「小白兔，你能不能幫我數一數，我身上是白條紋多，還是黑條紋多？」

　　「好啊！」小白兔一口就答應。

　　小白兔先數白條紋：一、二、三、四、五。

小白兔再數黑條紋：一、二、三、四、五。

小白兔一下子就數完了。「一樣多！白條紋和黑條紋一樣多。」

「一樣多？」小白覺得很奇怪：「可是我聽你數過來數過去，怎麼都是一二三四五？」

「嘻嘻！對不起，我的算數只學到五，多的我就不會數。」小白兔說完，不好意思的一蹦一蹦跳走了。

小白只好再找別人幫忙。他看到一隻小青蛙。

「小青蛙，你能不能幫我數一數，看看我身上是黑條紋多，還是白條紋多？」

「好啊！」小青蛙說：「不過，我想跳到你身上數。」

「沒問題。」小白低下頭，青蛙一跳就跳到小白頭上。

小青蛙說：「把脖子伸平！我要開始數了。」小白立刻乖乖照做。

「先數黑條紋。」小青蛙開始從小白的頭頂往尾巴跳，每跳過一條黑條紋，就數一下。

「一、二、三、四、五……」黑色的線條一條接一條，小青蛙越跳越興奮；他覺得自己好像在跳欄。

「十一、十二、十三、十四……」小青蛙越跳越起勁。他覺得自己在一大片白色沙灘上跳欄，馬上就要打破世界紀錄……

「咚！」小白突然聽到東西落地的聲音，背後緊接著傳來小青蛙的哭聲：「哇——」

原來小青蛙沒留神，數到小白屁股忘了停，繼續往前跳。這一跳，跳得好遠好遠，正好掉在一顆大石頭上。小青蛙痛得哇哇叫，說什麼也不肯再幫小白數，哭著回家找媽媽。

小白只好再找別人幫忙。他在草地上發現一條小

黑蛇。

　　「小黑蛇，你能不能幫我數一數，我身上是白條紋多，還是黑條紋多？」

　　小黑蛇不敢拒絕。他看著小白身上一條一條的黑條紋，越看越像是被斑馬綁在身上的大黑蛇。小黑蛇害怕的說：「黑條紋多！黑條紋多！多好多好多，你不用再找黑蛇綁在身上了，而且我還小，不夠黑……」

　　「你在說什麼啊？」小白打斷他的話：「你還沒有數，怎麼知道黑條紋多？」

　　「啊，數，數……」小黑蛇發了一陣呆，突然回過神：「可是我沒有手怎麼數？有手的動物才能幫你數啊！」

　　於是，小白只好去找小獼猴。

　　小獼猴很熱心，立刻幫小白數：「一、二、三、四、五，我們去跳舞！」

　　「嘎，你說什麼？」小白問。

　　「哦，對不起，我分心了。」小獼猴又從頭開始數：「一、二、三、四、五、六、七，明天誰來漆油漆？」

「你又在說什麼？」小白越聽越迷糊，他覺得小獼猴好像在唸繞口令。

　　「對不起，對不起，我一唸數字，就會分心。」小獼猴不好意思的說：「你還是找別人幫忙數吧。」

　　小白只好去找最聰明的貓頭鷹。

　　貓頭鷹不懂小白為什麼要數條紋。小白只好把小俊的話告訴貓頭鷹。

　　貓頭鷹聽了呵呵笑：「傻孩子，你就是你，小白、小黑都一樣。如果你真想知道答案，應該讓小俊告訴你。」

　　於是，小白來找小俊，請他幫忙數一數：他身上究竟是白條紋多，還是黑條紋多？

　　小俊數了一下午，數得眼睛都花了，還是數不出結果。

　　最後，小俊紅著臉對小白說：「對不起！我上午是亂說的，請你原諒我。」

　　小白立刻就原諒了小俊：「這麼說，我還是『小白』嘍！」

小俊點點頭：「其實，你有這麼多白條紋和黑條紋，叫小白、叫小黑都可以！哪像我，我就沒辦法叫小黑。」

　　「怎麼沒辦法？」小白說：「來，我們再來賽跑。看誰第一個跑到山腳下的黑沼塘，看誰第一個變成『小黑』！」

「好啊！」小俊長嘶一聲，兩匹小馬立刻爭著往山下跑。

噠的噠啦！噠的噠啦……

兩個好朋友幾乎同時跑進了山腳下的黑沼塘，痛痛快快滾了一身黑泥巴。

夕陽下，兩個「小黑」彼此看著對方，全都嘻嘻哈哈笑了起來……

——原載1998年6月21日《中國時報‧童心版》

Part.13

愛挖土與抬頭看

　　科學城裡住著兩個好朋友，一個叫「愛挖土」，一個叫「抬頭看」。愛挖土是位考古學家，喜歡白天工作，到處挖泥土。他最大的願望，就是從地底下挖出最早的古物遺址。抬頭看是位天文學家，喜歡白天睡覺，晚上看星星。他最大的願望，就是發現宇宙中最古老的星星。

　　這兩個好朋友平常很少見面，因為不管是白天或晚上，他們總是一個在工作，另一個在睡覺。愛挖土每天出門工作，都會經過抬頭看的家。抬頭看總會在門口貼一張紙條，寫上一個天文問題，譬如：「你知道宇宙有多大嗎？」愛挖土看到了，便撕下紙條，折好放進口袋。工作時，他就一邊工作一邊想：宇宙究竟有多大？然後，回家時，他會把想到的答案寫在抬頭看的紙條上，同時寫上一個考古問題，譬如說：「考考你，哪一種化石最古老？」然後第二天再來看抬頭看的答案。這就是他們打招呼的方法。

　　碰到放假天，這兩位好朋友經常約了一塊吃中飯，順便比比看誰答對的次數多。這會兒，愛挖土便坐在餐廳的窗戶邊，對著抬頭看說：「你知道嗎？每一件古物，都能告訴我們人類過去是怎麼生活的。一個新出土的遺址就

是一段新的歷史。我每天在外頭東挖西挖，就是想發掘人類的過去，拼湊出文明的發展史。」

「嗯，」抬頭看點點頭，好像很了解。「你知道嗎？宇宙是從一百五十億年前的一場大爆炸中誕生的。天空中的星星就像活生生的化石，能讓我們知道宇宙經過了哪些變化。」抬頭看吸了一口菸，又繼續說：「有些星星離地球很遠，當我們看到它的星光時，它很可能在十幾萬年前就消失了。有時候，當我看著滿天的星星，想著有好多星光都是幾千、幾萬年前發出來的，就覺得自己也是你的同行，是一位宇宙的考古學家。」

「哦，我不知道你也是我的同行呢！」愛挖土驚訝地大笑起來，舉起杯子說：「來，祝你早日搭上太空船，到銀河去考古！」

抬頭看也高興地舉起杯子說：「我也祝你早日挖到最早的人類遺址！」

兩位好朋友開心地碰碰杯子，互相鼓勵，回家更起勁地開始工作。

白天，當愛挖土經過抬頭看的家，想到抬頭看已經熬了一整個晚上，便振作起精神，勤奮地到處探勘；晚

上，當抬頭看一起床，想到愛挖土已經辛苦工作了一整天，就更努力地研究太空船的設計圖。他們的「紙條招呼」慢慢出現了彼此的工作成果：

「找到太空船專家，正在合作銀河探勘計畫。」

「好消息！城郊發現新遺址，疑有人類最早器物！」

「萬歲！太空中心已著手設計太空船。」

「遺址開挖，陸續有古物出土！」

「太空船設計圖進入最後修正。」

「更正，新遺址並沒想像中古老。」

「太棒了，專家已開始監造太空船！」

「探勘不順利，出土古物遭當地人盜賣。」

「為我鼓掌吧，近日將赴太空中心！」

「開挖進入最後階段，可能一無所得……」

抬頭看的工作進展飛快，愛挖土的工作卻越來越緩慢。一天，愛挖土經過抬頭看的家，看到門上的紙條寫著：「發現新想法，已前往太空中心！」愛挖土很高興，他的朋友就快實現他的銀河夢了。愛挖土走到新遺址，不禁嘆了口氣。新遺址的開挖工作今天就要結束，整個開挖成績並不成功。

不過，愛挖土沒有難過太久。因為一週之後，他就在附近發現了一個新的化石坑，坑裡全是恐龍時代的化石。最教人驚訝的是，在出土的恐龍化石上，竟然出現了前所未見的超級化石——一件金屬斷片和幾個人類腳印！

太不可思議了！恐龍的化石坑裡怎麼可能出現人類的東西？難道是地層變動，將兩種化石混在一塊？可是，腳印卻紮紮實實印在被踩破的恐龍蛋上面！

愛挖土驚呆了，立刻請來全國的考古學家。所有專家都看得目瞪口呆，百思不解。他們決定組成小組，鑑定化石，召開研討會。

一個月後，第一次研討會隆重召開。

主席宣讀報告：「根據鑑定，這個金屬斷片和腳印化石的確是六千五百萬年前的東西。」他的表情十分凝重：「也就是說，是恐龍滅絕時代的東西。」

主席身旁的一位考古學家補充說：「這是很奇怪的事，因為當時根本沒有人類，連哺乳動物的老祖宗都還只有老鼠那麼小。」

「更奇怪的是，」主席說：「這塊金屬斷片是非常先進的金屬——鈦合金。它怎麼可能出現在史前時代？」

會場一片靜默。許久許久，有人小聲問：「會不會是……外星人真的來過地球？」

　　所有考古學家都大笑起來，但笑聲很快便消失了。因為，這很可能就是真正的答案。

　　「或者……」另一個人喃喃開口：「在六千五百萬年前，曾經出現過一個高度的人類文明，而那個文明卻跟著恐龍一塊滅絕了？」

　　可能嗎？這想法實在太驚人！

　　會場立刻沸騰起來。有人說這個推論太荒謬了，有人卻覺得不妨大膽假設，小心求證。

　　「我有個建議。」愛挖土舉手發言：「如果我們能確認這個金屬斷片是什麼，也許能找出答案。」

　　所有專家都覺得有道理。

　　接下來的幾個月，來自世界各地的專家學者紛紛集中到科學城。

　　當第二次考古大會召開時，所有專家似乎都胸有成竹。

　　第一位專家從容地走上講台，拿出自己做的復原模型。「我斷定這個金屬斷片是魚叉，應該是捕魚用的工

具。」

「不對，不對！」第二位專家立刻反駁：「根據我對斷片紋理的研究，我推測它是箭頭，應該是狩獵用的才對。這是一個獵捕恐龍的民族，破碎的恐龍蛋正好可以證明。」

「你們都說錯了！」第三位專家接著更正：「我根據現場遺址，重建了當時的場景。我斷定它是某種機器裝置，而且是機器人之類的零件！」

「別忘了腳印！」又一位專家搶著上台：「我仔細研究了腳印化石，發現它是某種高科技的鞋印，普通鞋廠根本做不出來。很顯然，我們必須承認，外星人的確來過地球！」

會場一片譁然，專家分成好幾派，各說各話。

正當大夥吵得不可開交時，愛挖土匆匆走進會場。他後頭跟著抬頭看。

「各位前輩，」愛挖土走上台：「我想，我們有了一點小小的誤會。今天，我已經查明了這個鈦金屬是什麼。」

「是什麼？」大家都閉起嘴巴，怕聽漏了。

「這個金屬斷片……」愛挖土搔搔腦袋，說：「是一把汽車鑰匙。」

汽車鑰匙？專家又紛紛議論起來。

支持史前文明的專家想：這個史前文明怎麼跟現代文明這麼像？難道人類是在重演以前的歷史？

堅信外星人到過地球的專家更是驚訝：外星人這麼厲害？居然開著汽車就能橫越宇宙，飛到地球？

突然，一位專家很生氣地問：「你怎麼知道它是汽車鑰匙？」

「對啊，你怎麼知道？」大家要愛挖土拿出證據。

「是他告訴我的。」愛挖土指指抬頭看。

「他又怎麼知道？」所有目光都集中到抬頭看身上。

「因為……」抬頭看有些不好意思地說：「因為……因為這把汽車鑰匙……是我的。」

什麼？所有人都不敢相信自己的耳朵。

「事情是這樣的，」抬頭看繼續說：「當我請專家監造太空船時，我突發奇想，既然太空船能在太空中進行『空間躍遷』，從很近的地方瞬間跳到很遠的地方。那麼，它能不能進一步做『時間躍遷』，回到過去呢？於是，我

們便改造太空船，試著回到古代。我想順便幫愛挖土一個忙，直接帶幾個原始人的器物回來送他。只可惜，太空船的設計出了點差錯，我才一踏出太空船，就發現自己跑到了恐龍大滅絕的時代。我嚇得趕緊逃回來，匆忙中，掉了一串汽車鑰匙。誰知道這串鑰匙的斷片經過六千五百萬年，竟然變成了化石。」

「至於鞋印，那是太空中心特製的太空鞋。」抬頭看說著走到腳印化石的模型邊，將腳踏上去。果然，完全吻合！

會場又掀起一陣譁然，只是，這次聲音更大聲、更生氣。愛挖土和抬頭看紅著臉，你看我，我看你，僵在台上⋯⋯

一個月之後，愛挖土跟抬頭看又一塊兒坐在餐廳裡。

「你的太空船還能用嗎？」愛挖土問。

「還能，我們已經結束了穿越時空的實驗。不過，我的『銀河考古』計畫仍然繼續進行。下個月，我就要坐太空船到銀河去考察一年。」

「你知道嗎？」愛挖土說：「你上次回到過去，犯了一個考古界的大忌。」

「哦，是什麼？」

「破壞現場啊！」愛挖土說：「你逃跑的時候，踩壞了好多恐龍蛋。」

「我逃命都來不及，哪有時間注意那麼多！」抬頭看馬上抗議。

愛挖土忍不住問：「你能不能告訴我，那些恐龍長什麼模樣，怎麼生活？」

「你不是見過那些化石嗎？」抬頭看笑了笑說：「我們來打個賭吧，我把我看到的寫在紙條上，封在我家大門上。你把你從化石中發現的，寫成報告。一年之後，我們再來看答案。」

「好，賭就賭。」愛挖土說：「就賭下一次聚餐的餐費吧！」

「一言為定！」抬頭看說。

兩個好朋友說著又微笑地乾了一杯酒。

──原名〈兩個好朋友〉，原載1999年6月13日《民生報・少年兒童版》

Fairy Tales

Part.14

怪獸犬阿威

小女孩全家要搬去美國了。

就在今天！

她的玩具氣球狗阿威，清早醒來，想跟小女孩玩捉迷藏，故意躲在樓梯底下。

一整個上午，房屋裡都鬧哄哄的。家具「咯吱碰咚」地搬過來、挪過去，大門「噫噫呀呀」地開開關關，鞋子「噼哩啪啦」地走過來走過去……

「嘻嘻！他們在找我呢。」阿威偷偷笑：「他們找不著，我躲得可好！」

中午，屋子裡一下子變得好安靜。

阿威悄悄走出來，發現屋子裡空空盪盪，半個人影也沒有。阿威趕緊跑出大門。哎呀，太遲了！搬家公司的大貨車已經噗噗噗地開出了巷子口。

「等一等，你們忘記我了！」阿威趕緊大聲喊。

可是，貨車沒有聽見，小女孩也沒有聽見。

「沒關係，小主人發現我不見了，一定會回來找我！」阿威站在門口想。

好幾天過去了，貨車沒有回來，小女孩也沒有回來。

阿威仍然站在大門口。

街上來來往往的流浪狗笑他是大笨狗，站著像傻蛋。

阿威不理他們。他要等他的小主人回來。

夜裡，野貓趴在圍牆上笑他，說他是笨玩具，被人丟掉了還不知道。

阿威很生氣，撇著嘴，不理他們。他相信小主人一定會回來找他！

一個月，兩個月，好幾個月過去了……阿威還是站在大門口。

他變得有點不太一樣了。

灰塵蓋住了他漂亮的外表，失望使他的臉色變得比灰塵更難看。

阿威仍然站在大門口。他想：小主人一定是買不到飛機票，才沒有回來找他。小主人以前抱過他，指著美國地圖給他看：「阿威，我們要搬到美國的紐約去喔！那裡很遠很遠喲！」紐約在地圖上看起來一點都不遠，它在美國的東邊。可是美國跟台灣隔著太平洋！

流浪狗又來笑阿威。野貓也對著他指指點點。

阿威生氣了！

氣在他的肚子裡「咕嚕嚕！咕嚕嚕！」地跑過來又跑過去，越積越多。

阿威慢慢膨脹起來……

流浪狗哈哈大笑：「哈哈哈！快來看，快來看！大笨狗越變越大，要變成超級大笨狗嘍！」

野貓也哈哈笑：「神奇神奇真神奇！氣球狗，狗氣球，不用吹氣也一肚子氣！」

整條街都開始笑阿威。

房子說：「臭狗，滾遠一點，別擋在大門口！」

路燈說：「真倒楣，每天一睜眼，就看到你這隻笨髒狗！」

汽車說：「滾開！不洗澡的臭狗，別跟我站在同一條街！」

電線桿說：「滾滾滾！別站在這裡煞風景。」

阿威還沒來得及滾，就被來來往往的行人踢得到處亂滾。

阿威更生氣了！

當他被人踢進臭水溝時，他氣得脹成一個人高。

流浪狗跑過來笑他：「喲，小丑，你又要變新把戲啦……」話還沒說完，阿威一張口，就把流浪狗吞掉了。

阿威從水溝裡爬起來。野貓跳過來，正想笑他，才開口就被阿威吞進肚子裡。

阿威又變大了，變得有半層樓那麼大。

他邁步往前走，一邊走，一邊吞東西：汽車、路燈、電線桿、來來往往的人……

阿威吞的東西越來越多，變得越來越大。一層樓、兩層樓、三層樓……阿威變成了超級大巨狗。

阿威好舒服。

他愛上了吞東西。吞東西讓他的肚子暖烘烘，空空的心不再輕飄飄。

一棟房子、兩棟房子……一排房子、兩排房子……阿威吞掉整條街。

阿威不斷往東走，誰擋住他，他就吞掉誰。

報紙發出緊急快報，登上阿威的全版照片，罵他是沒有人性的大怪獸。

電視新聞播出阿威吞掉公共汽車的實況畫面，罵他比恐龍更可怕。

怪獸阿威

阿威好生氣！他變得更大，吞得更多。

電視台派來的採訪車被吞掉了！

來看熱鬧的人被吞掉了！

一棟一棟的高樓大廈被吞掉了！

小鎮被吞掉了！

大城市被吞掉了……

阿威不斷往東走。

他一路吞掉小溪，吞掉盆地，吞掉森林，吞掉中央山脈。

阿威走到東邊的花蓮。颱風從海上來，阿威張開嘴就把颱風吞進肚子裡，「呼呼呼！」阿威變得半天高。七級地震剛想發作，就被阿威一口吞掉。

阿威走進太平洋，往東走。他吞掉海浪，吞掉漁船，吞掉魚蝦，吞掉海豚，吞掉鯨魚，吞掉小島。阿威張開大口，把天上的雲也吞掉。

阿威繼續往東走。

他吞掉關島，吞掉夏威夷，吞掉太平洋，吞掉所有海上的小島，直直走向美洲大陸。

全美洲的人都緊張起來，不知道該怎麼辦。

「全面備戰！全面備戰！」美國總統下令陸海空三軍全體出動。

陸軍架好了飛彈，空軍派出了戰鬥機，海軍開出了航空母艦，全力阻止阿威。

阿威繼續往東走。

飛彈射過來，阿威吞掉飛彈。

戰鬥機衝過來，阿威吞掉戰鬥機。

航空母艦開過來，阿威吞掉航空母艦。

誰擋住阿威，阿威就吞掉誰。

阿威踏上美國西岸，繼續往東走。

阿威吞掉海岸山脈，吞掉大峽谷，吞掉密西西比河。阿威一路往美國東邊走。

美國人驚慌失措，紛紛逃出家門。

美國總統愁眉苦臉地走到攝影機前，準備在電視上對阿威發表投降文告。

阿威繼續往東走。

他吞掉一個城市、兩個城市……阿威吞掉自由女神。

阿威正想吞掉紐約……突然，他看到小女孩。

小女孩站在一棟高高的大樓屋頂上，抬頭看著他。

阿威走到小女孩面前，緩緩閉上嘴，低下頭。

小女孩說：「咦，這不是我的阿威嗎？」小女孩踮起腳，在阿威的臉上輕輕親了一下。

「哇！」一滴眼淚像大水球般，從阿威眼中流了出來。

一滴、二滴、三滴⋯⋯

阿威越哭越大聲，眼淚越流越多，越流越多⋯⋯

阿威哇哇大哭。

他的眼淚汪汪流，流啊流！流啊流⋯⋯

流出了自由女神，

流出了城市，

流出了密西西比河⋯⋯

流出了太平洋，

流出了小島，

流出了漁船，

流出了魚蝦⋯⋯

流出了花蓮，

流出了一棟一棟的高樓大廈，

流出了一輛一輛的汽車，

流出了一群一群的人，

一條一條的街…………

阿威越變越小，越變越小……

當他的眼淚流出了野貓，流出了流浪狗，他又變回了原來的大小。而且，全身上上下下都被淚水沖得乾乾淨淨，就像新的一樣。

「你跑到哪裡去了？」小女孩把阿威拾起來，嘟起嘴問他：「我找了你好久！」

阿威沒有說話。因為小女孩已經把他緊緊抱在懷裡。

他要的就只是這樣。

——原載2003年4月10、11日《國語日報·兒童文藝》

怪獸阿威

Part.15

紫色的獅子

夏天，傻鴨兒在院子裡游完泳，太陽還沒走到天中央。哎呀，一天還那麼長，做什麼好呢？「有了，好久沒畫畫了，出去畫張畫吧！」傻鴨兒這麼一想，又覺得今天好玩起來了。他戴上大草帽，夾起畫架，一擺一擺走上草坡。

「畫什麼好呢？」傻鴨兒站在草坡頂，四處望來望去。草坡綠油油，中間還點綴了好多小野花。傻鴨兒抬頭看，太陽高，藍天藍，白雲在上頭滾過來滾過去，好像一群一群調皮的小鯨魚……可是傻鴨兒不想畫鯨魚（也不想畫海豚），不然幹嘛到草坡上來寫生呢？傻鴨兒望著草坡，想了想，好吧，就畫草坡。他吹吹口哨，開始一筆一筆仔仔細細畫起來……畫好了，傻鴨兒一邊看著畫，一邊望著眼前的風景，覺得有些怪怪的；他心底那張畫，似乎還少了點什麼。少了什麼呢？傻鴨兒仔細瞧，認真找，綠油油的草坡在風中

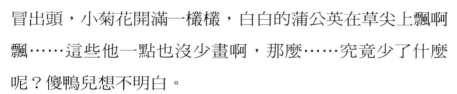

輕輕搖，東一點
紅，西一點黃，五
顏六色的小花從草堆裡
冒出頭，小菊花開滿一欉欉，白白的蒲公英在草尖上飄啊
飄⋯⋯這些他一點也沒少畫啊，那麼⋯⋯究竟少了什麼
呢？傻鴨兒想不明白。

　　不一會兒，遠遠的草坡那端，冒出一團黃黃的影
子。起初，它只有石頭那麼點大，慢慢的，它越變越大，
顯出了輪廓。然後，傻鴨兒看見它揚起了鬃毛，聳出了耳
朵，昂揚出一張大臉，飛騰出雄壯的胸肌，奔躍出俊逸的
前爪⋯⋯綠色的草坡一下子鮮活起
來，飽脹著動感，充滿了
速度，散發出一片活
潑潑的朝氣⋯⋯啊，
這就是我要的！傻鴨
兒趕緊在紙上畫起
來⋯⋯

「咦，你在幹嘛？」獅子阿威跑到傻鴨兒身邊，停下腳步：「哦，你在畫畫！」

　　「對啊，我在畫你。」傻鴨兒說。

　　「我？」阿威好奇的湊近看：「哇！你怎麼把我畫成紫色的？」

　　「嗯……是不太像……我也不是在畫你啦……我是在畫一隻草原上的獅子。」傻鴨兒改口說：「你不覺得這樣很好看嗎？」

　　「好看？拜託，你看過紫色的獅子？」

　　「沒看過。」傻鴨兒老實說。他把畫筆支在下巴：「為什麼不能畫紫色的獅子？」

　　「拜託，世界上哪裡有紫色的獅子？」阿威說。

　　「真的沒有？」傻鴨兒盯著阿威看，好像他就是一隻紫色的獅子。

　　「我是獅子，我告訴你，沒有紫色的獅子。」阿威有些生氣：「不信，你去問大家好了。不過，你可別說你畫的是我。」

　　傻鴨兒喃喃說道：「我不是說了嗎，我是在畫一隻『草原上的獅子』……」可是他的話還沒說完，獅子阿威

已經走遠了。

「真的沒有紫色的獅子嗎？」傻鴨兒看著畫架上昂揚飛奔的獅子，越看越喜歡：「我覺得這樣畫，很好啊！」

太陽越來越大，傻鴨兒走到榕樹下。他把畫架挪近榕樹的影子邊邊，讓那張紫色的獅子繼續在樹蔭外晒太陽。「嘻，我的『一日畫展』，現在正式開張！」傻鴨兒靠在樹幹上，舒舒服服的坐下來，看著畫。

「咦……有張畫。」小獼猴球球走過來，在畫旁看了好一會兒。

「耶，草原畫廊來了第一位貴賓！」傻鴨兒心裡挺開心，一等球球走進樹蔭，就問他：「好看嗎？」

「好看。不過，好像哪裡不對勁……啊，我知道了，紫色！你畫錯了，獅子不是紫色的。」

「你沒看過紫色的獅子？」

「沒有。」球球在樹蔭下，盯著陽光下的畫，嘴巴吸

著食指。「紫色的獅子？太好玩了，我去叫大家來看！」

「好啊！」傻鴨兒說。好畫當然要跟好朋友分享！

沒多久，榕樹底下就擠滿了動物。不過，獅子阿威不肯來。

看完畫，大家嘻嘻哈哈笑成一團，都覺得傻鴨兒畫得好有趣。

「哎呀，傻鴨兒，如果你那麼愛畫紫色，應該去畫葡萄、睡蓮或是牽牛花啊，怎麼畫隻獅子？」狐狸阿強說。

「傻鴨兒就是傻鴨兒，」土狗皮皮笑著說：「世界上哪有紫色的獅子？」

「對啊，我從來沒看過紫色的獅子。」小象圓圓說。

所有動物都點頭同意。

「真的沒有紫色的獅子嗎？」傻鴨兒不死心。

「當然沒有。」白馬小俊說：「除非是外星球來的外星獅子。」

「嗯！外星獅子可能什麼顏色都有……」斑馬小白興奮地想：「紅色的獅子、藍色的獅子、綠色的獅子、橘色的獅子、黑色的獅子……嗯，也許還有彩色的獅子！」

「對喔，我怎麼都沒想過？」黃鼠狼用力點點頭。

「夢裡頭！」梅花鹿朵朵大叫一聲：「夢裡頭也可能出現紫色的獅子！」

「有可能，我以前就夢過會飛的獅子！」小象圓圓說。

「等等，等等！」阿強說：「我們說的是真實世界耶，你們有誰親眼見過紫色的獅子？」

「我沒看過。」小浣熊說。

「我也沒看過。」胖熊說。

大家都沒看過。

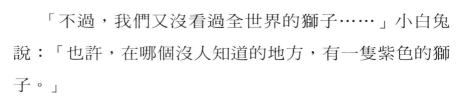

「不過，我們又沒看過全世界的獅子……」小白兔說：「也許，在哪個沒人知道的地方，有一隻紫色的獅子。」

「怎麼可能？」小浣熊說：「如果有，書上早就記錄下來了。我沒看過書上這樣寫，所以世界上一定沒有紫色

紫色的獅子

的獅子。」

「如果……」黃鼠狼開始動腦筋：「阿威戴上紫色的面具，穿上紫色的衣服，圍上紫色的圍巾，套上紫色的長統襪，不就變成了紫色的獅子？」

「對！對！對！」斑馬小白拍拍手說：「不然，請阿威改名叫『紫色的』也可以。」

狐狸阿強瞪了他一眼。

「或者，我們用紫色的噴漆把阿威從頭到腳噴一遍……」小俊興奮的想。

「誰敢去噴？」阿強問。

沒人敢。

顯然，他們沒機會見到一隻真正的「紫色的獅子」。

「所以說嘍，傻鴨兒就是傻鴨兒，世界上哪裡有紫色的獅子。」阿強總結道。

「對啊，世界上本來就沒有紫色的獅子嘛！」其他動物也同意。他們在樹蔭下開始玩「一二三木頭人」，還接龍說了一個「紫色的獅子」的故事。

黃昏，太陽準備下山，動物一個一個都回家了。

微風輕輕吹來。傻鴨兒仍然坐在榕樹下，看著草原

上的畫。

　　紫色的獅子在夕陽下，顯得金光燦爛，跟傻鴨兒心中想要的畫一模一樣。

　　誰說世界上沒有紫色的獅子？

　　傻鴨兒把「紫色的獅子」，小心收進畫匣裡，一擺一擺走回家。

　　我的畫匣裡不就有一隻嗎？

　　而且，還是全世界唯一的一隻呢！

　　　　　　　——原載2003年5月22、23日《國語日報·兒童文藝》

Fairy Tales

Part.16

我為什麼
是我？

中午，小浣熊躺在老榕樹下，看著天空發呆。

「你在幹嘛？」小獼猴球球喝著蜂蜜果汁走過來。

「我在想問題。」小浣熊推推眼鏡說。

「想什麼問題？」球球問。

「我為什麼是我？」小浣熊說：「我為什麼不是你？」

「嘎，你為什麼想變成我？」球球嚇了一跳。

「哎呀，我不是想變成你啦。」小浣熊說：「我只是不懂，我為什麼是我。我為什麼不是你，不是他，就只是我。」

「好難喔，聽不懂。」球球說：「你不是本來就是你嗎？」

「對啊，我出生之後就一直都是我……」小浣熊說：「你聽我說話，聽得到吱吱吱嗎？」

「我聽得到你說『吱吱吱』啊。」

「不是啦！我是說，你聽我說話，有聽到鳥的聲音——吱吱吱嗎？」

「沒有。」

「你有聽到喵喵喵嗎？」

「沒有。」

「有聽到汪汪汪嗎？」

「沒有。」

「那就對了。」小浣熊又皺起眉頭：「我為什麼不是一隻鳥、一隻貓，或一隻狗呢？」

「因為你是浣熊啊！」

「可是，你想想，如果是鳥媽媽生下我，我就會是一隻鳥。如果是貓媽媽生下我，我就會是一隻貓。如果……如果是恐龍媽媽生下我，我就會是一隻小恐龍。」

「我聽不懂耶。」球球邊喝果汁，邊搖頭：「我只知道是浣熊媽媽生下了你。」

球球想了想，又說：「不過，我很高興你是小浣熊。如果你是小恐龍，我可不敢找你玩。」

小浣熊偏著腦袋想：「我不是鳥，所以不知道飛上天空是什麼感覺。我不是貓，所以不知道跳到牆上是什麼感覺。我不是恐龍，所以沒辦法感覺大聲亂吼是什麼感覺……為什麼會這樣呢？」

球球不知道，但他知道一件事：「他們也不知道你抓魚的感覺啊！」

小浣熊推推眼鏡，繼續說：「這不是很奇怪嗎？每個人出生之後，就只能感覺到自己的感覺。夏天時，我會感覺熱，冬天時，我會感覺冷……」

　　「夏天時，我也會感覺熱，冬天時，我也會感覺冷啊。」球球說。

　　「可是，那是你的感覺，我感覺不到。你可能比我熱，也可能比我冷，我不是你，我不知道你的感覺啊！」小浣熊說：「像你現在在喝蜂蜜果汁，我就不知道你的感覺。」

　　「喏，借你喝一口。」球球把果汁遞給小浣熊。

　　小浣熊吸了好大一口。「謝謝！真好喝。」

　　「現在，你不是也知道我喝果汁的感覺了？」球球說。

　　「嗯，不過……我還是我，我不是你啊。」

　　「這樣啊……」球球想了想，忽然開心地說：「有了！你把衣服脫下來。」

　　球球也把自己的衣服脫下來，然後他們互相交換，穿上對方的衣服。

　　「現在，你有一部分是我，我也有一部分是你。」球

球說。

「嗯，」小浣熊說：「我現在可以感覺到一點你的味道了……你的衣服臭臭的，應該洗了。」

「嗯，我也感覺到一點你的味道——你灑了太多痱子粉。」

「現在，我身上有一部分是你，你身上有一部分是我……可是，我還不是你。」小浣熊想了想，又說：「像你昨天做了什麼事，我就不知道。」

「我可以告訴你啊！」球球說：「我昨天打開冰箱，偷吃了兩桶冰淇淋。一桶巧克力口味，一桶香草口味，好好吃喔。」

「哇，真想吃一口！」小浣熊想起巧克力和香草的味道：「真可惜我不是你，不然我昨天一定吃得很開心。」

「可是後來媽媽發現了，打了我三下，好疼喔，你看！紅印子還在。」

球球脫下褲子，小浣熊看了一下。哇！果然有三條淡淡的棍子印。

「好險我不是你！」小浣熊說：「那一定很痛！」

「痛死了！」球球說：「所以媽媽今天才給我這罐果

汁，讓我出來玩。」

「我昨天好像沒做什麼事……」小浣熊邊想邊說：「跟前天一樣，跟大前天也一樣。」

「真不好玩，那你就沒什麼事情可以說給我聽，」球球說：「我就沒辦法當你了。」

「對不起啦……哦，不對不對，」小浣熊搖搖頭說：「知道不等於是。雖然我知道你做了什麼，但是你還是你，我還是我啊！我又不住在你家。」

「我們可以交換房間啊！」球球說：「你今天來我家住一晚，玩我的玩具，睡我的床，當一天的我。」

「那還是不一樣，」小浣熊說：「你媽媽一定不會把我看成你。」

「那當然啊！」球球喝完最後一口果汁說：「我媽媽怎麼會把你看成我？她又不是傻瓜。」

狐狸阿強拿著球走過來。

「我們來玩躲避球，好不好？」

「好啊！」小浣熊和球球說。

他們一塊走到草地上，開始玩躲避球，流了一身汗。

「哇，流汗的感覺真舒服！」小浣熊說。

「對啊，」球球說：「好險你不是我，你也不是阿強。不然，我們就不能一塊玩躲避球了！」

「嗯。」小浣熊一邊點頭，一邊又忍不住想：不知道當躲避球是什麼感覺？

——原載2003年6月5、6日《國語日報・兒童文藝》

Fairy Tales

Part.17

魔洞歷險記

「小獼猴，我們別再往前走，好不好？」

「再走一下嘛，小象，再走一下，魔山頂就在前面。」

「可是這裡好高喔，風又大，雲都跑到腳底下了。我從來沒有爬過這麼高！」

「別怕，小象，我也是第一次爬這麼高。我們馬上就要創紀錄了！我們馬上就要變成第一個爬到魔山頂的猴子和大象！」

「我們不是早就創紀錄了嗎？我們爬了三個多月，不吃不喝，還沒睡覺呢！」

「對啊，沒人比我們更厲害。哇！有隻老鷹飛過來想抓我！」

「別怕，看我用象鼻子打他……我打！我打！想逃？再打一下，下次不准再來欺負小獼猴，知不知道？」

「謝謝你！小象。」

「不謝，小意思嘛，我才不怕……哇，有隻大蜘蛛！」

「在哪裡？別怕別怕，看我用石頭打牠！下次不准來嚇小象，知道嗎……小象，可以過來了，大蜘蛛被我嚇跑了。」

「謝謝你，小獼猴，好險有你作伴。」

「哪裡，小意思！」

「哇，我們爬得比太陽還高了！」

「萬歲！我們到魔山頂了！」

「好高喔，好像一伸手就可以摸到天空耶！」

「快，往山下看！有好多魔菇飄在半空中。」

「小花傘也在飄來飄去！」

「還有好多小香蕉！」

「還有洗臉盆！」

「咦，半空中怎麼會有洗臉盆？」

「一定是小精靈忘了收，他們洗完臉，就跑出去玩了。」

「哇，還有好多作業簿！」

「怎麼會有作業簿？」

「小精靈玩累了，要回來寫功課啊！」

「啊，對了，我忘了他們喜歡坐

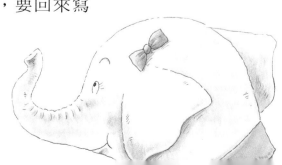

在空中寫功課。」

「你看，還有航空母艦！」

「不是航空母艦，是海盜船！」

「小心──有巫婆！」

「巫婆在空中飄來飄去幹什麼？」

「做日光浴啊！巫婆最喜歡躺在空中做日光浴。」

「那我們要小心一點喔，別被她們發現。」

「嗯……哇，糟糕，海盜發現我們了！」

「他們在向我們射箭！快逃！」

「不行！後面有好多機器人衝過來！」

「哇！我們要掉下去了！」

「快，快跳到魔菇上面！」

「小心……抓穩魔菇！」

「哇，我沒抓穩，我掉下去了！」

「哇，我也要掉下去了！魔菇被射穿了！」

「小象！」

「小獼猴！」

「我們要摔死了！」

「馬上就要摔死了！」

「再見了，小象！」

「再見了，小獼猴！」

………………

「咦……我沒死？」

「我也沒死？」

「我們摔在洞裡耶！」

「魔洞？我們掉在魔洞裡！」

「萬歲！我們不但沒摔死，還找到魔洞！」

「耶，真幸運！快，我們去找寶藏。聽說魔洞裡有好

多寶藏。」

「這裡好黑喔！味道又奇怪，好可怕！」

「小獼猴，你有沒有聽到打雷聲？」

「有啊，好大聲，還越來越近……」

「會下雨嗎？」

「洞裡怎麼會下雨？」

「可是這是魔洞耶。」

「我們也沒看到閃電……」

「哇，地震！」

「又打雷了，就在前面！」

「哇，不是地震，不是打雷，是恐龍啊！」

「恐龍？快逃！」

「來不及啦……恐龍追來了！哇，我的尾巴被抓到了！小獼猴，你快逃，不要管我！」

「不行，小象！我一定要救你，我不能丟下你！」

「哇，恐龍吃掉我的尾巴，吃掉我的腳……恐龍要把我吃掉了！」

「小象，再撐一下，我去找獅子阿威來救你！」

「來不及啦！小獼猴，我就要『壯烈犧牲』啦……」

「小象！吃飯嘍！」

「小獼猴！吃飯嘍！」

老榕樹下，小象從地上爬起來，拍拍屁股。

小獼猴還賴在地上，不肯起來。小象踢踢他：「別躺了，小獼猴！媽媽在叫我們回家吃飯了，我們下次再來繼續玩。」

「好吧。」小獼猴心不甘情不願的爬起來，拍拍屁股：「不過，下次我也要被恐龍吃掉！」

「好啊，我們下次一塊到恐龍肚子裡去探險！」

「打勾勾。」

「打勾勾！」

「再見，小獼猴！」

「再見，小象！」

——原載2003年10月17日《國語日報‧兒童文藝》

魔洞歷險記

Part.18

天氣隨身包

一大早，怪怪鎮的怪怪專賣店還沒開門，店門口就擠滿了一群人。

只見店門口貼了一張大海報，上面寫著：「怪博士最新發明——天氣隨身包，今日隆重推出！」

大嬸婆說：「天氣隨身包？是不是新補品？出門喝一包，不怕天氣變化。」

阿水伯搖搖頭說：「我看是感冒藥啦！不怕傷風感冒，隨吃隨好。」

糖果姐姐說：「不不不，我看是雨衣、陽傘、防晒油之類的東西吧。」

大頭阿呆說：「可是它明明寫著『天氣隨身包』，應該是把天氣帶在身上，隨身帶著走吧！」

大家哈哈大笑：「阿呆果然呆，天氣怎麼可能帶在身上嘛！」

這時，店門忽然拉開，怪博士笑嘻嘻走出來：「沒錯沒錯，天氣隨身包，就是把天氣隨身帶著走！」

怪博士從背袋裡拿出三個小包包，一個一個拆開：「這就是天氣隨身包。」只見小包包裡各自裝著一把花雨傘、一件風衣、一副墨鏡。

糖果姐姐說：「哈，我就說嘛，只是跟天氣有關的隨身用品！」

　　「不不不，」怪博士搖搖手說：「仔細看好喔——」怪博士撐開花雨傘。天空忽然下起雨，淅瀝嘩啦！所有人嚇得想躲開……咦，等一下，雨怎麼只下在怪博士的頭頂上，其他地方一點也沒溼？

　　怪博士收起花雨傘，戴上墨鏡。他身邊的陽光忽然變得好強，像夏天一樣。

　　怪博士又取下墨鏡，披上風衣。哇！博士的頭髮被吹得好亂，衣角都飛了起來……可是，其他人卻沒感覺到風！

　　「表演結束！」怪博士脫掉風衣，微笑一鞠躬：「老祖宗說『各人頭上一片天』，買一包『天氣隨身包』，保證幫你立刻辦到！想出太陽？想下雨？自己決定自己選——而且，絕不影響其他人。」

　　「哇，太棒了！自己選天氣，誰也不防礙誰！」大家全都鼓掌，熱烈叫好。

　　「不過，先提醒大家，天氣隨身包的效用只有一天。」

「那有什麼關係！」大嬸婆立刻買了五副墨鏡，阿水伯也買了六件風衣。

糖果姐姐說：「我要一把花雨傘，明天也幫我留一把！」

「我要四副墨鏡，嗯——明天也要！」

「我每天都要一把花雨傘！」

「我三種都要！」

大家紛紛搶購「天氣隨身包」，半小時不到就賣光光。怪博士開心得決定：明天立刻提高產量！

這一天，大家都到公園玩。

大嬸婆全家戴著墨鏡在大樹下，晒日光浴，吃冰棒。

阿水伯夫妻帶著四個小孩披著風衣，在草地上放了

一整天風箏。

　　糖果姐姐和男朋友在池塘邊，撐著花雨傘，詩情畫意的在雨中走了一下午。

　　大頭阿呆最好奇。他穿上風衣，戴上墨鏡，撐開花雨傘……結果，又吹風，又被雨淋，又被太陽晒，沒兩下，就感冒住進醫院。

　　「天氣隨身包」越賣越好，人人出門都開始「自備天氣」。大街上，人來人往，每個人頭上都有不同的天氣。放眼望去，果然「各人頭上一片天」！

　　如果你到怪怪鎮旅遊，看到電視播出這樣的新聞，可千萬別驚訝：

明日氣象預報

出太陽	35%
颱風	32%
下雨	33%

這可是氣象預報員天天打電話到怪怪專賣店，詢問「天氣隨身包」的預售數量，仔細計算出來的呢！

——原載2004年1月《康軒TOP945低年級版》36期

天氣隨身包

小鳥和獅子
為什麼餓肚子？

一隻小鳥追著一隻小飛蛾，小飛蛾左飛右飛，飛進小溪邊的山洞。

一隻獅子追著一隻鴕鳥，鴕鳥東逃西逃，逃進小溪邊的山洞。

飛蛾看見鴕鳥衝進來，害怕的說：「求求你，別吃我！」

「放心，我不會吃你。」鴕鳥說：「獅子在追我，我只是進來躲一下。」

「喔……」飛蛾鬆了一口氣：「小鳥在追我，我也是進來躲一下。」

飛蛾和鴕鳥你看我，我看你，聽著遠遠的聲音越來越近。

怎麼辦？小鳥、獅子就快追來了！

鴕鳥嘆了一口氣：「真可惜！前面有條河，擋住路。不然我早就逃遠了！」

飛蛾也嘆了一口氣：「我能飛過河，但是沒有用，小鳥一樣追得上。」

飛蛾緊張得心臟噗噗跳，鴕鳥緊張得腳發抖；小鳥和獅子已經追到了山洞口。

飛蛾和鴕鳥，你看我，我看你，斗大的汗珠往下落
⋯⋯

忽然，一個靈感落進飛蛾的小腦袋。

「有了！」飛蛾說：「我有一個好主意，我們來交
換！」

「交換？交換什麼？」

「先別問，快跟著我做！」

蛾把自己分開，變成了虫和我。

鴕跟著照做，把自己分成鳥和它。

「好，開始交換！我把我左邊的虫給你，你把你左邊的鳥給我。」

「好。」

…………

神奇的事情發生了！

虫＋它＝蛇

我＋鳥＝鵝

山洞口，爬出來一條花花蛇。小鳥看了嚇一跳，趕緊逃！

山洞口，走出來一隻大白鵝。獅子愣愣的想不通：「咦，怎麼鴕鳥變成了大白鵝？」

獅子還沒反應過來，大白鵝已經跳進小溪，優優雅雅的游遠了。

——原載2005年10月3日《國語日報・兒童文藝》

選自2005年12月天下雜誌《字的童話》系列1《英雄小野狼》

★ 小鳥和獅子為什麼餓肚子？ ★

Part.20

小熊學算術

熊爸爸開了一家當鋪，他要小熊去上學，學算術，回來好幫忙記帳。

老師在黑板上畫了一條橫線：「這是一。」又在黑板上畫了兩條橫線：「這是二。」接著，又畫了三條橫線：「這是三。」小熊立刻站起來收拾書包：「哈，我會了！」說完三步併作兩步，開心的跑回家。

熊爸爸看見小熊這麼快就學會了，高興的叫他在店裡記帳。下午生意差，只有山豬來當項鍊。可是小熊記帳記到晚飯都涼了還沒記完，熊爸爸忍不住問他怎麼回事？小熊放下筆，揉揉手說：「就快好啦！山豬的項鍊當了一萬元，我已經記到七千八百九十九了呢！」熊爸爸接過帳簿一看，上頭全是一──七千八百九十九個一！熊爸爸氣得七竅生煙，罵了小熊一頓。他要小熊再去學校，好好學會加減乘除。於是，第二天，小熊又拎著書包出門了。

小熊走到半路，看見一隻狐狸抽著香菸、翹著二郎腿坐在石頭上（誰要罵他是不三不四的壞小孩，他就朝誰吐煙圈），衣服穿得五顏六色，頭髮亂七八糟。「嗨，小熊，你要不要加入我的『翹家小孩幫』！我們一起去玩。」小熊搖搖頭，他可不敢把爸爸的話拋到九霄雲外。小熊走

到十字路口，立刻轉向學校。他要繼續學算術！

　　這一次，小熊發現數學老師教的不一樣。數字接二連三跑出來，好像成千上萬的妖魔鬼怪，搶著把小熊推進五里霧，害得他看不清、弄不懂，百思不解。有一天，他經過另一間教室，聽到老師在教小朋友寫「數學詩」。「咦，這裡也在教算術，我來聽聽看！」小熊站在窗外聽。

　　斑馬在黑板上寫：

　　一馬當先＋一帆風順＋心不二用＋三思而行＋五花八門＝十全十美

　　「啊，我喜歡這種算術！」小熊眼睛一亮。

　　接著，換企鵝寫：

　　冰涼涼＋甜蜜蜜＝吃冰淇淋的好滋味

　　「這題更簡單！」小熊忍不住拍起手：「哈，我懂了！」

老師發現小熊在窗外偷聽，請他進來，要他也寫一首數學詩。

小熊不好意思的在黑板上寫：

？＋？＋？＋？＋？＝什麼都不會的我

「不錯啊，寫的很好！」老師讚美他。

小熊一聽好高興，坐下來，學得更起勁。

接下來幾天，他寫了好多「數學題」：

咕嚕＋咕嚕嚕＋咕嚕咕嚕＝肚子好餓

一顆糖＋兩顆糖＋三顆糖＋好多好多顆糖＝滿嘴的大蛀牙

一顆種子＋溫暖暖的陽光＋冰涼涼的雨水＋春夏秋冬＝一棵漂亮的大樹

天空－太陽－白雲＋滿天星星＝天黑啦

嚇死人的雨水×嚇死人的風＝地球在洗颱風澡

天空÷全世界的人＝全世界的人眼裡都有一片美麗的天空

嘻，加減乘除通通有。

「耶，我學會算術嘍！」小熊高高興興的跑回家。

結果……又被熊爸爸罵了一頓！

十年過去了，小熊還是沒學好算術。

不過，沒關係，他變成了一名詩人！

＊本篇開場借用前賢笑話「奈何姓萬」，見明代劉元卿《應諧錄》。

——原載2005年12月1日《康軒TOP作文報》58期
　　選自2005年12月天下雜誌《字的童話》系列4《巴巴國王變變變》

Part.21

小狗哞哞哞

小小狗，長得醜，走路又搖又扭，好像小丑。

拳師狗，皺眉頭，送他一個大拳頭：「走路好好走！不要像潑猴。」

小小狗，嚇一跳，張開口：「哞哞哞！」

「天啊！你是牛還是狗？」拳師狗好像挨了一記重拳頭，「你不會汪汪汪叫，只會哞哞哞？」

小小狗，點點頭，羞得不敢抬起頭。

北京狗、貴賓狗、哈巴狗，一隻一隻圍過來，笑得眼淚流。

「請問你是什麼狗？土狗？獵狗？看門狗？哈哈哈，我知道，你是牧牛狗！」

小小狗，趕緊溜，一溜溜進大水溝，弄得全身黑黝黝，髒臭臭。

月亮照進大水溝，清清悠悠。小小狗，望望月亮，眼淚吞下喉：「哞哞哞，我是小小狗。」

牧羊狗，好心腸，帶他去看醫生猴。「你要趕緊治一治，不然怎麼交朋友？」

醫生猴，搓搓手，敲敲頭：「看來得針灸！」

醫生猴，拿起針頭，頭往前湊；臉上一堆青春痘，

好像小土豆。

　　小小狗，忍不住嗅嗅青春痘，嗅啊嗅，張開口：
「哞哞哞！」

　　說來奇怪，好像神奇大魔咒，青春痘，「咻咻咻！」
一下清潔溜溜，一顆不留。

　　「哇！」醫生猴，像皮球，差點跳上月球。「你的聲
音有魔咒，能治青春痘！」

　　原來只要小小狗，鼻子嗅一嗅，張開口：「哞哞
哞！」就能治好青春痘。

　　耶！牧羊狗拍拍手，摟摟小小狗，聲音好溫柔：
「原來你是神奇狗！」

　　小小狗，好高興，到處幫人治痘痘。

　　治好貴賓狗的鼻痘痘，治好北京狗的天花痘，治好
哈巴狗的大小痘……拳師狗，臉羞羞，好內疚，歡喜淚直
流：「這下得救，再也不怕臉兒皺！」

　　小蝌蚪、老海鷗、紅斑鳩，綠楊柳……不管你長什
麼痘，只要小小狗，嗅一嗅，外加三聲「哞哞哞！」立刻
清潔溜溜，讓你沒憂愁。

　　秋天午後，清涼時候，小小狗，上街頭，走路腳一

溜，又溜進大水溝。

水兒流，流啊流，一流流到銀河口。

小小狗，一抬頭，看見月球，滿臉坑坑疤疤，長滿青春痘。

「好狗狗，快快唸你的大魔咒，治治我的青春痘！」

小小狗，一回頭，滿天星球都在求救：「還有我！還有我！我也滿臉青春痘！」

小小狗，點點頭，清清喉，數著星球，一路「哞哞哞！」

寧靜夜，滿天星斗，星光越變越溫柔。

仔細聽，歡喜聲音傳遍宇宙：「哞哞哞！謝謝小小狗！」

＊文中「哞哞哞」，唸時發音可借用台語「無無無」。

——原載2006年3月《小作家》143期

童話隱士
──《林世仁童話》賞析

◆徐錦成

1

　　林世仁是當代台灣中生代最具代表性的童話家之一，也是當初「童話列車」書系一開創即鎖定邀稿的作家之一。

　　坦白從寬，我希望編選林世仁童話選集的原因，除了他個人的優異之外，另有一個不足為外人道的想法：編選林世仁的童話選集一點兒都不困難，因為他的童話水準高、品質整齊，要編他的選集，怎麼選也不會選到劣作。作家本身的成就，可以替編輯省不少麻煩。

　　不過，雖然想編林世仁選集已經很久，但跟作者的溝通仍花了不少工夫。因為林世仁自己對出版選集有點遲疑，他自覺作品數量太少，還不到出版選集的時候。

　　是的！十幾年的專業寫作生涯，累積的童話作品竟然還不足十部，這樣的創作量的確太少了！但話說回來，也正因此，林世仁成為當代台灣童話作家中，作品水準最穩定的作者。

2

　　相較於林世仁為數不多的作品，有關的評論卻已不少。「林世仁的童話有哲理」、「林世仁的童話接近詩」、「林世仁擅長後設寫作」……這些都是我們耳熟能詳的說法。說是「定論」，也不為過。

　　寫這篇文章前，我不斷自問：我能對林世仁童話提出什麼新意嗎？想了許久，終於想到一點。倒不是我對林世仁的看法有所翻新，而是這本書本身的緣故。

　　林世仁出版的作品不算多，因此，這本選集裡約有三分之二選自他已經發表、但尚未結集出版的作品。作家出書謹慎，這是很好的德性。若不是這本書，以林世仁的細火慢燉，我想這些未曾結集的作品離出版的日子必定尚遠。

　　這本書包含林世仁最早、但一直未被收入作品集的兩篇作品：〈花花蟒的故事〉（1992）和〈吶喊森林〉（1992），也包括最近的〈小狗哞哞哞〉（2006）。它是一部具體而微的林世仁童話寫作史。

　　而另一個重要意義是：它是經過作者本人確認過的，是一本林世仁自選集。

　　要追溯、探索林世仁童話創作心路的足跡，沒有一本書比這本更方便、更必要。

3

　　藉著工作之便，我有幸比一般讀者早一步讀到這本書。一個可提供給讀者分享的心得是：林世仁的童話，一路寫來，有「愈寫愈回去」的傾向。

　　我說的「愈寫愈回去」，並不是字面上的意思，說他愈寫愈差。而是我發現，林世仁童話的「適讀年齡」愈來愈向下延伸了。

　　林世仁較早的作品中，不論是《十一個小紅帽》（1994）淋漓盡致的顛覆書寫，或《再見小童》（1996）的三分哀愁加七分哲理，都獲得如潮的讚譽。但同時，也頗有人認為林世仁的作品過深，是適合成人的童話——或至少是，成人也適讀的童話。

　　林世仁擺明為孩子寫童話是晚近的事，代表作是一套與哲也合著的「字的童話」（2005）。

　　「適讀年齡」的高低，無涉於作品成就的好壞。若從頭讀一遍林世仁作品，我想沒有人會覺得林世仁愈來愈退步。但很容易感覺到的是，作家心中的兒童，年紀愈來愈小了。而讀者跟著林世仁的視角，也從站著慢慢蹲下，直到與兒童的視野平行。

　　對一個兒童文學作家而言，這樣的寫作歷程饒富意義。

　　因為蹲下之後，必定有更高的躍起。

附帶一提，這本書如果從最後一篇開始往回看，也是有趣的經驗。有心的讀者不妨一試。

4

　　最後談談這篇文章的標題。

　　沒錯！的確是從卡爾維諾的〈巴黎隱士〉想到這邊來的！

　　卡爾維諾是世界公認、二十世紀最具創意的小說家之一。他對童話也有相當貢獻，整理、改寫過一系列《義大利童話集》。

　　林世仁可能喜歡卡爾維諾，也可能曾受卡爾維諾影響，但我關心的不是這些。我想說的是：林世仁是台灣當代最具創意的童話作家。他產量不多，這點一方面歸因於他「謀定而後動」的性格。另一方面，也讓我們感覺他不汲汲於追求江湖地位的隱士個性。

　　將初入中年的童話家與世界級文學大師相提並論，不知者或許會認為我誇張了林世仁的成績。但如果對林世仁的作品本身，以及這些作品十幾年來對台灣童話界的影響力有所了解，我相信對林世仁有所期待的，我不是唯一一人。

九歌現代少兒文學獎
徵文辦法（摘要）

指導單位：行政院文化建設委員會
主辦單位：九歌文教基金會
協辦單位：九歌出版社有限公司

一、宗　旨： 鼓勵作家創作少兒文學作品，以提升國內少兒文學水準，並提高少兒的鑑賞能力，啟發其創意，並培養青少年開闊的胸襟及視野，以及對社會人生之關懷。

二、獎　項： 少年小說——適合十歲至十五歲兒童及少年閱讀，文字內容富趣味性，主要人物及情節以貼近少兒生活為宜。文長四萬至四萬五千字左右。

三、獎　金： 行政院文化建設委員會少兒文學特別獎——獎金二十萬元，獎牌一座
評審獎——獎金十二萬元，獎牌一座
推薦獎——獎金八萬元，獎牌一座
榮譽獎若干名，獎金每名四萬元，獎牌一座

四、應徵條件：

1. 海內外華人均可參加，須以白話中文寫作。每人應徵作品以一篇為限。為鼓勵新人及更多作家創作，凡獲九歌現代少兒文學獎首獎者，三年內不得參加。

2. 作品必須未在任何報刊發表或出版。獲獎作品之出版權歸主辦單位所有。

五、評　選： 應徵作品經彌封後，即進行初審、複審、決審。評審委員於得獎名單揭曉時公布。

附記：本辦法為歷屆徵文辦法之摘要，每屆約於每年十月至翌年一月底收件，提供有志創作少兒文學者參考。（所有規定，依各屆正式公布之徵文辦法為準，請參閱九歌文學網：http://www.chiuko.com.tw）

童話列車 06

魔洞歷險記
林世仁童話

著者	林世仁
主編	徐錦成
插圖	貝果
責任編輯	鍾欣純
美術編輯	裝丁良品
發行人	蔡文甫
出版發行	九歌出版社有限公司
	臺北市105八德路3段12巷57弄40號
	電話／02-25776564・傳真／02-25789205
	郵政劃撥／0112295-1
九歌文學網	www.chiuko.com.tw
印刷	晨捷印製股份有限公司
法律顧問	龍躍天律師・蕭雄淋律師・董安丹律師
初版	2007 年 8 月
初版 6 印	2021 年 1 月
定價	**250元**

書號	0173006
ISBN	978-957-444-423-6

國家圖書館出版品預行編目資料

魔洞歷險記：林世仁童話 / 林世仁 著，徐錦成 主編，
貝果 插圖.
--初版. -- 臺北市：九歌, 民96
面； 公分. --(童話列車; 6)

ISBN 978-957-444-423-6(平裝)

859.6   96011741